商務普通話

chuàng xīn fā zhǎn
創 新 發 展

bào gào
報告

tóu zī
投資

高階篇

前言

　　近年來，隨着中國經濟的持續快速發展，香港與內地的貿易交往日益密切。與此同時，普通話在香港正逐步成為重要的商務語言之一。香港人對商務普通話的學習需求也非常迫切。近年來，香港已經出版了很多有關商務普通話的教材，但是這些教材在許多方面都存在着進一步探索與提高的空間。我們幾位香港大學漢語中心的老師受萬里機構出版有限公司的委託，編寫了這一套商務普通話教材。本套教材共三冊，每冊由十二課組成。

　　每課分八個部分。

　　第一部分：背景與對話。此部分務求為普通話學習者提供一個真實的商務活動場景和一段實用的交際對話，使學習者在真實自然的普通話語境中，熟悉不同專題和場合的相關詞彙和表達。

　　第二部分：語音知識和語音練習。第一冊和第二冊系統地介紹了《漢語拼音方案》及相關的語音知識和拼讀規則。第三冊進一步介紹了普通話的「啊」字的音變，普通話的語調變化，粵普詞彙和句式對比，普通話的量詞與名詞搭配，以及普通話中常用的多音多義字。

　　第三部分：容易讀錯的詞和字。此部分強調了粵方言區的人說普通話時，容易讀錯的字和詞。為香港地區的學習者而設計的普通話語音、字和詞的針對性訓練。

　　第四部分：普通話詞彙及知識點。此部分為香港人提供快速、準確兼實用的普通話詞彙及句型。

　　第五部分：小笑話。此部分的目的是提醒一下香港的學習者，如果他們的普通話發音不標準，就容易發生誤會甚至鬧笑話。

第六部分：關鍵句型朗讀。此部分旨在幫助學習者熟悉並模仿與每課話題有關的實用句型，以提高學習者在實際場合中的語言運用能力。

第七部分：回答問題。此部分類比了每課話題所涉及的相關場景，並以問答的形式，方便學習者代入角色、互相練習。

第八部分：延伸閱讀。此部分旨在讓學生了解更多與主題相關的背景知識，並且通過閱讀短文來改善自己的普通話詞彙。

本書為第三冊。又經過了一年多的努力，我們再次深入香港社會，考察並記錄了在香港各個商務環境中所需要的普通話語言材料，編寫出這本針對香港方言地區所需要的教材。《商務普通話——高階篇》不但糾正了香港人在普通話發音、詞彙、語法等方面容易犯的錯誤，而且能夠更快速、有效地為學習者提供完成交際任務的有效句型和對話。本書希望讓繁忙的香港打工族在時間就是金錢的社會中順利地達到交際目的，完成公司委派的任務。

最後，我們要感謝香港大學中文學院的余庭鋒先生為本書提供了不少粵語方面的意見，也感謝歐陽偉傑先生協助後期錄音工作。

《商務普通話》編寫組
於香港大學千禧校園逸夫教學樓

目錄

掃描此二維碼，可下載全書錄音文檔。

走進世界五百強

走進世界五百強

≫ 背景 ≪

財富中文網於 7 月 19 日晚發佈了最新的《財富》世界 500 強排行榜。在上榜公司數量上，中國公司達到了 120 家，已經非常接近美國的 126 家，並且遠超第三位的日本。11 月 3 日，《財富》全球論壇在北京飯店隆重召開。在北京市政府、各界商協會和企業的支持下，今年的論壇成功邀請了中國移動、華為、華潤等 60 家世界 500 強企業代表，共同見證了此次盛會。銘晟投資管理有限公司的副總裁胡麗玉女士抵達了北京，參與了此次論壇，並且與中國移動的代表磋商了投資專案。

≫ 對話 ≪   01-00.mp3

胡麗玉：您好，我是銘晟投資管理有限公司的胡麗玉。

李一帆：您好，我是中國移動的代表李一帆。

胡麗玉：聽說中國移動最近在北京召開了工作會議，是嗎？

李一帆：您的消息真靈通。是啊，我們最近在北京開了一次會議。

胡麗玉：趙董事長提出了甚麼重大事項？

李一帆：他提出今年我們公司要抓好六方面的工作：一是深化融合發展。二是強化精細管理。三是大力改進服務。四是堅持創新發展，打造5G先發優勢。五是進一步探索建立符合發展趨勢要求的新模式。六是尋求拓展海外市場的新機遇。

胡麗玉：您看，今年沒有一家科技公司能進入排行榜的前十名。去年排名第9的蘋果公司，今年只排到第11名。

李一帆：您說得對，中國科技公司中排名靠前的包括了鴻海、中國移動、華為、中國電信、京東等公司。而排名最高的就是鴻海，只排第24。

走進世界五百強

胡麗玉：不過值得注意的是，全球互聯網行
業上榜的六大公司中，中美兩
國各佔三家，而且所有的互聯網服務
公司排名均有大幅躍升。美國的亞
馬遜公司從第26名躍升至第18名，
而中國的互聯網公司中，京東
從第261名躍升至第181名。

李一帆：看來我們公司得考慮一下跟互聯網
巨頭合作，進一步拓展我們在全球的
業務了。

一、語音知識：語音流變之「啊」的音變（一）

普通話中常見的語音流變主要包括「輕聲」、「兒化」、「第三聲變調」和語氣詞「啊」的音變。其中前三種我們在前兩冊語音知識中都一一介紹過，本課將為大家介紹「啊」作為句末語氣詞時，因受到前面的音素影響而發生的語音變化。

一般來說，我們把「啊」的音變形式分為六種：「ya」、「wa」、「na」、「nga」、「za」和「ra」。本課先來介紹前三種音變「ya」、「wa」、「na」：

1. 「啊」字前面音節的收尾音素是 a、o、e、i、ü、ê 時，「啊」讀作 ya，可寫作「啊」或「呀」。例如：

   是他呀！（-ta ya）

   等等我呀！（-wo ya）

   今天好熱呀！（-re ya）

   要好好學習呀！（-xi ya）

   好大的雨呀！（-yu ya）

   快點說謝謝呀！（-xie ya）

2. 「啊」字前面音節的收尾音素是 u（包括 ao、iao）時，「啊」讀作 wa，可寫作「啊」或「哇」。例如：

   你們倆一見如故哇！（-gu wa）

   你的身體好不好哇？（-hao wa）

   你還要不要哇？（-yao wa）

3. 「啊」字前面音節的收尾音素是 n 時，「啊」讀作 na，可寫作「啊」或「哪」。例如：

   快看哪！（-kan na）

   你說得真準哪！（-zhun na）

   現在的年輕人哪！（-ren na）

二、語音練習 🎧 01-02.mp3

1. 請朗讀下列句子，注意句末語氣詞的讀音並填上適當的拼音。

（1）多漂亮的花啊！（　　　）

（2）這些小朋友多麼活潑啊！（　　　）

（3）你可真幸運啊！（　　　）

（4）他的口氣可真不小啊！（　　　）

（5）這麼小的房子怎麼住啊？（　　　）

（6）你可千萬別生氣啊！（　　　）

（7）這麼強的颱風可是百年不遇啊！（　　　）

（8）這座大樓真高啊！（　　　）

（9）都兩點了，你餓不餓啊？（　　　）

（10）張老闆，是您啊！（　　　）

2. 請朗讀下列句子，注意把句末的語氣詞讀準並填上適當的拼音。

（1）這樣的機會可不容易得到啊！（　　　）

（2）你們說的就是她啊！（　　　）

（3）多麼精彩的表演啊！（　　　）

（4）有話好好兒說啊！（　　　）

（5）你怎麼現在還沒回家啊？（　　　）

三、容易讀錯的詞和字 01-03.mp3

tóu zī		tòu zhī
投資	——	透支
guǎn lǐ		guān lǐ
管理	——	觀禮
yǒu xiàn		yǒu hàn
有限	——	有汗
dài biǎo		duó biāo
代表	——	奪標
shì xiàng		shì háng
事項	——	試航
zhuā hǎo		zhǎo hǎo
抓好	——	找好
róng hé		yǒng hé
融合	——	永和
tàn suǒ		tàn shǎng
探索	——	歎賞
qū shì		cuī shǐ
趨勢	——	催使
jī yù		jǐ yǔ
機遇	——	給予

四、普通話詞彙及知識點

1. 廣東話的「乜水」，普通話應説成「甚麼東西、甚麼人」。
   例如：（廣東話）佢係乜水？
   　　　（普通話）他是甚麼人？

2. 廣東話的「搏命」，普通話應説成「拼命」。
   例如：（廣東話）你做乜咁搏命？
   　　　（普通話）你幹嗎那麼拼命？

3. 廣東話的「裝飯」，普通話應説成「盛飯」。
   例如：（廣東話）你裝飯先啦。
   　　　（普通話）你先盛飯吧。

4. 廣東話的「得閒」，普通話應説成「有空兒」。
   例如：（廣東話）你依家得唔得閒？
   　　　（普通話）你現在有沒有空兒？

5. 廣東話的「隔籬」，普通話應説成「隔壁、旁邊」。
   例如：（廣東話）你隔籬嗰個人係邊間公司嘅代表？
   　　　（普通話）你旁邊那位是哪家公司的代表？

五、小笑話　🎧 01-05.mp3

甲：　現在已經十二點了，你趕不趕？

乙：　訂單我是不改了。

甲：　我不是説改不改，我是説車快開了，你趕不趕？

乙：　噢，原來你是問我着急嗎？

甲：　對。

乙：　不急，我可以坐下一班車。

六、聽錄音　朗讀句子　🎧 01-06.mp3

1. 今年京東的業績受高層個人事件的影響，盈利可能會大幅下降。
2. 別看鴻海公司好像名不見經傳，它可是中國科技公司中排名最高的。
3. 隨着 5G 時代的到來，華為的前景只會越來越光明。
4. 開放市場競爭之後，壟斷行業也不得不優化服務。
5. 即使亞馬遜在美國風生水起，也啃不下中國市場這塊巨大的肥肉。
6. 在互聯網的全面普及下，實體經濟受到了不小的衝擊。
7. 值得注意的是，今年世界企業的排名很令人意外。
8. 沒有任何大企業能離開國際合作獨自生存。
9. 中美貿易戰進一步升級的話，最有可能的結果就是雙輸。
10. 作為曾經的科技行業巨擘，蘋果公司也開始走下坡路了。

七、請回答下列問題

1. 世界五百強上榜的主要是哪些領域的企業？
2. 你對中國互聯網公司的前景看好嗎？為甚麼？
3. 你願意在小公司還是大公司工作？
4. 中美科技公司在國際競爭力上有甚麼不同？
5. 如果你作為投資機構出席「《財富》全球論壇」，需要關注哪些訊息？
6. 你怎麼看「亞馬遜（Amazon）」全面縮減中國地區的業務？

7. 美、中、日三國，上榜企業各有甚麼特點？

8. 中國移動、中國電信等國有企業，拓展海外業務有甚麼優劣勢？

9. 你覺得「華為」被美國限制後，會對其未來發展產生多大影響？

10. 説説你對 5G 技術的看法和預測。

八、延伸閱讀

2019 年財富世界 500 強排行榜

財富中文網於北京時間 2019 年 7 月 22 日全球同步發佈了最新的《財富》世界 500 強排行榜。

今年，中國大公司數量首次與美國並駕齊驅，但是如何做強變得更為迫切。此次從數量上看，世界最大的 500 家企業中，有 129 家來自中國，歷史上首次超過美國（121 家）。即使不計算台灣地區企業，中國大陸企業（包括香港企業）也達到 119 家，與美國數量旗鼓相當。這是一個歷史性的變化。

與上年相比，今年上榜 500 家公司的總營業收入近 32.7 萬億美元，同比增加 8.9%；總利潤再創紀錄達到 2.15 萬億美元，同比增加 14.5%；淨利潤率則達到 6.6%，淨資產收益率達到 12.1%，都超過了去年。這體現了 500 家最大公司的復蘇。

　　沃爾瑪連續第六年成為全球最大公司，中國石化位列第二，殼牌石油上升至第三位，中國石油和國家電網分列第四、第五位，新上榜的巨型石油公司沙特阿美則位居第六位。

　　在盈利方面，沙特阿美以近 1,110 億美元的超高利潤登頂利潤榜首位，蘋果位列第二。利潤榜前十位的四家中國公司仍然是工建農中四大銀行，谷歌母公司 Alphabet 則以年度 142.7% 的利潤增長率成功躋身前十強，位列第七。

　　在淨資產收益率（ROE）榜上，波音公司位居首位；而中國公司中排位靠前的是珠海格力電器股份有限公司、碧桂園、恆大、華為和安徽海螺集團。

　　在利潤率榜上，排名最高的是今年新上榜的美光科技公司，Facebook 位居第二。中國大陸公司中，利潤率最高的是中國工商銀行。

　　在排名位次的變化上，今年上升最快的是中國的碧桂園，躍升 176 位。值得一提的是，排名躍升最快的前十家公司中有六家都來自中國大陸，除了碧桂園，其餘五家是：阿里巴巴（上升 118 位）、陽光龍淨集團（上升 96 位）、騰訊（上升 94 位）、蘇寧易購集團（上升 94 位）、中國恆大（上升 92 位）。此外，值得一提的是中國公司的整體體量提升：在持續上榜的公司中，有 77 家中國公司排位比去年上升。

資料來源：節選自財富中文網

市場行銷

》背景 《

所謂市場行銷，就是在千變萬化的市場環境中，在滿足消費者需要的同時，實現企業目標的商務活動。市場行銷包括市場調研、選擇目標市場、產品開發、產品促銷等一系列與市場有關的經營活動。今年滙豐銀行準備在香港地區推出全新的綜合理財服務「滙豐尚玉」，目的是拓展亞洲地區的中高端客群。匯豐亞太區財富管理業務經理麥明慧女士在新聞發佈會上，公佈了「尚玉」理財服務的詳細情況，並且回答了記者所提的問題。

》對話 《  02-00.mp3

麥明慧：
mài míng huì dà jiā hǎo jīn tiān wǒ hěn róng xìng dài biǎo wǒ men huì
大家好！今天我很榮幸代表我們滙
fēng yín háng xiàng guǎng dà chuán méi xuān bù suí zhe
豐銀行向廣大傳媒宣佈：隨着
huì fēng yín háng xiāng gǎng qū cái fù guǎn lǐ yè wù de
滙豐銀行香港區財富管理業務的
zēng zhǎng qiáng jìng wǒ men jiāng yú jīn nián yuè
增長強勁，我們將於今年1月30
hào tuī chū quán xīn shàng yù lǐ cái fú wù wèi
號推出全新「尚玉」理財服務，為
yōng yǒu kě tóu zī zī chǎn dá dào wàn měi yuán
擁有可投資資產達到100萬美元
huò wàn gǎng bì de kè hù tí gōng gèng yōu zhì
或780萬港幣的客戶，提供更優質
de lǐ cái fú wù
的理財服務。

記者甲：請問麥經理，為甚麼這個新理財服務以「尚玉」為名？

麥明慧：中國人自古以來尊玉、愛玉，賦予了玉深刻的文化內涵和精神價值。玉琢成器的進取精神，賦予了「尚玉」全新的時代意義，這正是滙豐銀行推出「尚玉」品牌的初衷。

記者乙：請問，滙豐「尚玉」在服務本質上跟其他銀行服務有甚麼不一樣？

麥明慧：每名「尚玉」客戶將有專屬的客戶經理跟進，並且享有專業投資資訊、更多的貸款及債券產品、更優惠的產品定價及一些跨境服務，包括環球轉帳、跨境開戶等。

jì zhě bǐng
記 者 丙：

huì fēng yín háng de zhè xiàng lǐ cái xīn fú wù　jué duì
滙 豐 銀 行 的 這 項 理 財 新 服 務，絕 對

kě yǐ zhào gù xū yào gèng duō cái fù guǎn lǐ fú wù
可 以 照 顧 需 要 更 多 財 富 管 理 服 務

de gāo jìng zhí kè hù qún　wǒ xiǎng wèn wèn huì fēng yín
的 高 淨 值 客 戶 群。我 想 問 問 滙 豐 銀

háng　　yù jì xiāng gǎng yǒu duō shao rén kě yǐ dá dào
行 ，預 計 香 港 有 多 少 人 可 以 達 到

shàng yù　　de mén kǎn ne
「 尚 玉 」 的 門 檻 呢 ？

mài míng huì
麥 明 慧：

yǒu bào gào xiǎn shì　　xiāng gǎng yuē yǒu shí qī wàn
有 報 告 顯 示 ， 香 港 約 有 十 七 萬

rén yōng yǒu yī bǎi wàn měi yuán zī chǎn jìng zhí zhè
人 擁 有 一 百 萬 美 元 資 產 淨 值，這

fǎn yìng xiāng gǎng shì cái fù de jí zhōng dì　wǒ men
反 映 香 港 是 財 富 的 集 中 地。我 們

tuī chū quán xīn lǐ cái fú wù　mù dì zài yú bǔ zhuō qū
推 出 全 新 理 財 服 務，目 的 在 於 捕 捉 區

nèi de zēng zhǎng jī yù　　bìng qiě ràng　　shàng yù
內 的 增 長 機 遇， 並 且 讓 「 尚 玉 」

chéng wéi jí tuán zài yà zhōu zēng zhǎng de zhòng yào
成 為 集 團 在 亞 洲 增 長 的 重 要

yǐn qíng
引 擎 。

一、語音知識：語音流變之「啊」的音變（二）

本課我們將繼續介紹「啊」作為句末語氣詞時的後三種音變
形式「nga」、「za」和「ra」：

1. 「啊」字前面音節的收尾音素是 ng 時，「啊」讀作 nga，可寫作「啊」。例如：

   你怎麼總是那麼忙啊？（-mang nga）

   你可得好好兒想想啊！（-xiang nga）

   慢點兒，等一等啊！（-deng nga）

2. 「啊」字前面音節的收尾音素是 -i（zhi chi shi ri 的特殊元音）和 er（包括兒化韻 -r）時，「啊」讀作 ra，可寫作「啊」。例如：

   這裏的點心真好吃啊！（-chi ra）

   你有甚麼事兒啊？（shir ra）

   我的乖女兒啊！（-er ra）

3. 「啊」字前面音節的收尾音素是 -i（zi ci si 的特殊元音）時，「啊」讀作 za，可寫作「啊」。例如：

   你來過香港幾次啊？（-ci za）

   你可得小心投資啊！（-zi za）

   你放心吧，我們可是大公司啊！（-si za）

二、語音練習

1. 請朗讀下列句子，注意句末語氣詞的讀音並填上適當的拼音。

   （1）你開會的時候要專心聽啊！（　　　）

   （2）這個項目的要求很高，你行不行啊？（　　　）

（3）這個建議不錯，你可以試一試啊！（　　）

（4）你寫的是甚麼字啊？（　　）

（5）對不起，我最近不在香港啊！（　　）

（6）沒關係，畢竟是第一次啊！（　　）

（7）是你的工作失誤造成了我的損失啊！（　　）

（8）你會不會聊天兒啊？（　　）

2. 請朗讀下列句子，注意把句末的語氣詞讀準並填上適當的拼音。

（1）他唱的歌真好聽啊！（　　）

（2）誰認識這個字兒啊？（　　）

（3）這本書有這麼多生詞啊！（　　）

（4）這可不是小事兒啊！（　　）

（5）他們兄弟兩個長得真像啊！（　　）

（6）再工作十年我也買不起房子啊！（　　）

三、容易讀錯的詞和字　02-03.mp3

róng xìng 榮 幸	——	wēn xīn 溫 馨
chuán méi 傳 媒	——	chún měi 純 美
qiáng jìng 強 勁	——	qián jìn 前 進
yōu zhì 優 質	——	yòu zhì 幼 稚

nèi hán 內 涵	——	nài hán 耐 寒
fù yǔ 賦 予	——	fǔ yù 撫 育
pǐn pái 品 牌	——	bīn bái 賓 白
jià zhí 價 值	——	jià zi 架 子
yōu huì 優 惠	——	yǒu wéi 有 為
mén kǎn 門 檻	——	méi kuàng 煤 礦

四、普通話詞彙及知識點

1. 廣東話的「塞」，普通話應説成「曾孫、曾孫女兒」。
   例如：（廣東話）我阿嫲有塞了！
   　　　（普通話）我奶奶有曾孫 / 曾孫女兒了。

2. 廣東話的「兒戲」，普通話應説成「馬虎」。
   例如：（廣東話）乜你咁兒戲㗎！
   　　　（普通話）你怎麼這麼馬虎！

3. 廣東話的「熱痱」，普通話應説成「痱子」。
   例如：（廣東話）我背脊生熱痱啊！
   　　　（普通話）你後背長痱子了！

4. 廣東話的「死心不息」，普通話應説成「不死心」。

例如：（廣東話）你點解死心不息？

（普通話）你為甚麼不死心？

5. 廣東話的「焓熟狗頭」（帶有貶義的詞），普通話應説成
「笑得合不攏嘴」。

例如：（廣東話）睇你笑到焓熟狗頭咁。

（普通話）你看你笑得合不攏嘴，多難看。

五、小笑話　02-05.mp3

甲：　你有沒有「散紙暢」？

乙：　生痔瘡？我當然沒有生痔瘡！

甲：　我不是説生痔瘡，我是説「散紙暢」，你看！這個！錢
呢！

乙：　噢，原來你是問我有沒有零錢換。

甲：　對。

乙：　有，我給你。

六、聽錄音　朗讀句子　02-06.mp3

1. 市場行銷是商業推廣中最重要的一環。

2. 一個創業概念再好，也要能成功落地才有價值。

3. 我們對不同層次的客戶要有針對性的增值服務。

4. 要在激烈的競爭中生存，精準定位就顯得尤其重要。
5. 一旦高淨值客戶群流失，整個企業就會元氣大傷。
6. 單靠營銷手段即使能活下來，也是活不長久的。
7. 在大環境不景氣的情況下，各家銀行紛紛使出大招來吸引資金。
8. 作為一家備受關注的科技公司，每一次新品發佈會都至關重要。
9. 傳統商業模式依然依賴線下渠道進行宣傳及行銷。
10. 我們必須要趕上這一波紅利期，才能扭轉目前虧損的局勢。

七、請回答下列問題

1. 根據課文，「滙豐尚玉」有哪些獨特的優勢？
2. 你認為產品行銷包括哪些環節？
3. 低淨值客戶為何也需要大力維護？
4. 應如何向高淨值客戶推銷理財產品？
5. 對企業來説，舉辦宣講會的主要目的是甚麼？
6. 小微企業主要依賴甚麼渠道發展新客戶？
7. 你覺得「營銷」是個貶義詞嗎？
8. 保險行業和一般金融機構在行銷方式上有甚麼差異？
9. 甚麼是「行銷漏斗」？請你描述一下。
10. 你覺得產品的研發和銷售哪個對企業發展更重要？

八、延伸閱讀

銀行吸引客戶的新招

　　銀行吸引客戶的新招：獎勵航空里程，用航空里程代替利息，或在利息之上附加航空里程獎勵，正成為銀行吸引客戶和推銷多種產品的新手段，並受到客戶歡迎。

　　在古巴比倫，銀行開始對存款支付利息。2000 年後，渣打銀行（Standard Chartered）提出了另一種選擇。如果該銀行的香港儲戶的賬戶裏擁有足夠多的資金，他們就可以選擇放棄利息收入，接受「亞洲萬里通」（Asia Miles）里程獎勵，後者為國泰航空（Cathay Pacific）的一個忠誠計劃。

　　渣打銀行大中華及北亞地區個人金融業務總裁尚明洋（Samir Subberwal）表示：「香港的利率很低，一些客戶樂意用利息換里程。」自從 2016 年推出以來，渣打銀行「亞洲萬里通」賬戶吸引了 3.3 萬名客戶的 50 億港元（合 6.40 億美元）存款，其中三分之二的人此前沒有在該行辦理過業務。

　　儘管銀行向信用卡客戶發放福利的現象很普遍，但零售銀行其他領域推出獎勵和積分計劃的趨勢日益增強。今年春季，開設和使用新活期賬戶的花旗銀行（Citibank）美國客戶獲得了美國航空（American Airlines）的 3 萬里程獎勵。該銀行的 Citigold 會員（需要會員的賬戶餘額達到 20 萬美元）獲得每年 200 美元的獎勵，可以用於訂閱亞馬遜（Amazon）Prime、Spotify 和美國運輸安全管理局預先安檢計劃（TSA Precheck）的會員服務。

　　花旗和其他美國大銀行還利用這種獎勵計劃帶來其他好處：不僅用於吸引新的儲戶，還用於鼓勵現有客戶購買多種產品。任何在花旗活期賬戶或投資賬戶中擁有 5 萬美元以上的客戶，都能享受更低的抵押貸款利率（低 0.125 個百分點）。在美國銀行（Bank of America），簽約「優先獎勵」計劃的客戶會獲得更高的存款利率、更快的信用卡積分、經紀賬戶股票交易免手續費、更低的投資建議收費、更低息的汽車貸款、更低的抵押貸款收費等等。這些獎勵根據存款數額的不同而不同。Mercator 分析師布萊恩·賴利（Brian Riley）評價這種多產品獎勵計劃説：「這種產品邏輯確實行之有效。」

資料來源：2019 年 7 月 18 日 03:05 英國《金融時報》
戴維·克羅 倫敦，羅伯特·阿姆斯特朗 紐約報道

考察業務

>> 背景 <<

深圳市高新技術產業園區成立於 1996 年 9 月，是高新技術產品出口基地，以及國家文化和科技融合示範基地。創威集團有限公司成立於 1998 年，是一家從事多媒體、家用電器、智慧系統技術與大數據、現代服務業等業務的智慧家電與資訊技術企業。今天，華夏基金的投資總監李欣怡女士來到深圳高新科技產業園區，準備考察一下創威集團的業務、公司財務以及公司盈利。創威集團的總經理陳依麗女士出來迎接她。

>> 對話 <<　　03-00.mp3

chén yī lì　　huān yíng lǐ zǒng
陳 依 麗：歡 迎 李 總！

lǐ xīn yí　　nín hǎo　chén zǒng
李 欣 怡： 您 好！陳 總！

chén yī lì　　nín shì dì yī cì lái kǎo chá wǒ men gōng sī　jīn tiān
陳 依 麗：您 是 第 一 次 來 考 察 我 們 公 司，今 天
jiù ràng wǒ gěi nín xiáng xì jiè shào yí xià wǒ men gōng
就 讓 我 給 您 詳 細 介 紹 一 下 我 們 公
sī de yè wù　cái wù hé yíng lì ba
司 的 業 務、財 務 和 盈 利 吧。

lǐ xīn yí　　hǎo de　nà jiù má fan nín le
李 欣 怡： 好 的，那 就 麻 煩 您 了。

chén yī lì　　bú kè qi　zhè biānr qǐng
陳 依 麗： 不 客 氣，這 邊 兒 請！

李欣怡: 據貴公司的資料顯示，創威是一家以研發和製造數位機上盒、安防監視器、網路通訊、半導體、LED照明等產品為主要產業的大型高科技集團公司。

陳依麗: 是的。其實創威集團擁有創威數碼和創威數位兩家上市公司。我們設有國家級企業技術中心和工業設計中心，累計申請了5,700多項專利。創威還有多家研發、製造、行銷機構，現在我們集團有四萬多名員工。去年公司盈利達到80億人民幣。而創威的品牌價值達990億人民幣。

李欣怡: 貴公司2005年的時候在香港主板上市。經過多年的發展，現在

創威已躋身世界十大彩電品牌和中國電子百強第十位了，真了不起啊！

陳依麗：多謝您的誇獎。創威堅持「核心產業做強，相關產業做大」的戰略，以品質為基石，堅持技術創新的發展理念，在核心產業領域多次推動了產業轉型升級，奠定了創威在業界的品牌地位。

李欣怡：今年我們華夏基金一定會對貴公司追加投資。

一、語音知識：語調變化之句調和抑揚

語調是指一句話或一段話在語音上的高低變化和輕重快慢，具體包含了句調的抑揚、意群的停頓、音量的強弱等等。簡

而言之，語調是指人們說話時用抑揚頓挫來表情達意的所有語音形式的總和。

具體來說，句調是指一個句子的高低、快慢的基調和抑揚的變化，特別是以句尾的抑揚作為句調的主要標誌。本課將介紹句調的四種基本類型：

1. 平調，也稱為平直調。其特點為全句沒有明顯的高低升降的變化，句尾音節也基本持平，常用於敘述、說明等陳述句中，其感情色彩多為嚴肅、莊重甚至冷漠。例如：
   香港有很多郊野公園供人們爬山、遠足。（敘述 / 說明）
   公司規定絕不能拖延或者積壓急件。（嚴肅 / 莊重）
   我很忙，請你不要再拿這些瑣事來煩我。（冷漠）

2. 升調，也稱為高昂調。其特點為句子由平調向上升高，句末明顯上揚，常用於疑問句、反問句和長句的停頓，其感情色彩多為驚訝、興奮、喜悅、命令等。例如：
   你看好這支股票嗎？（疑問）
   他不就是被稱為「股神」的巴菲特嗎？（反問）
   今天的恒生指數又漲了！（興奮 / 喜悅）
   如果你只是又找到一個藉口（句中停頓）為你這次的投資失利開脫的話，不如引咎辭職吧！（命令）

3. 曲調，也稱為曲折調。其特點為句子帶有升降曲折的變化，常用於感嘆句，表達某些強烈感情，如憤怒、嘲諷等。例如：
   這次過境的颱風真強啊！（感嘆）

你們這家銀行的服務太糟糕了！（憤怒）

這個策劃書一點也不專業，你以為是在玩過家家嗎？（嘲諷）

4. 降調，也稱為低降調。句子先平後降，句末有明顯下抑，常用於陳述句、祈使句中，表達自信、肯定、勸阻、允許等感情。普通話中的降調出現的頻率相對較高。例如：

我認為，這個項目一定會給公司帶來巨大的盈利。（肯定 / 自信）

你還是放棄這種不切實際的想法吧。（勸阻）

好吧，這個問題就按你的意見處理。（允許）

看現在的天氣，還是帶上雨傘吧。（祈使）

二、語音練習：請朗讀下列句子，注意根據括號裏標註的感情色彩來使用正確的句調。

（1）吳經理，我可以問你一個問題嗎？（疑問）

（2）香港的郊野公園真讓人流連忘返啊！（感嘆）

（3）我非常看好大灣區的發展前景。（肯定 / 自信）

（4）港珠澳大橋連接香港大嶼山、澳門半島和廣東省珠海市，全長近 50 公里。（陳述 / 説明）

（5）發展經濟絕不能以破壞環境為代價，這是關係子孫萬代的大事！（嚴肅 / 莊重）

（6）這件事無關緊要，別去理會它了。（勸阻）

（7）難道這就是你們對待客戶的態度嗎？（反問）

（8）請各位明早九點在灣仔港鐵站集合。（祈使）

（9）　你們可以攜帶照相和錄影設備進入會場拍攝。（允許）

（10）真沒想到，你在產品宣傳會上的發言太精彩了！（驚喜）

三、容易讀錯的詞和字　 03-03.mp3

kǎo chá 考 察	——	kǒu cái 口 才
xiáng xì 詳 細	——	qiāng xiè 槍 械
yè wù 業 務	——	yuè wǔ 樂 舞
yíng lì 盈 利	——	yīng lǐ 英 里
xiǎn shì 顯 示	——	qiǎn shì 淺 釋
yán fā 研 發	——	yǐn fā 引 發
zhì zào 製 造	——	zài zuò 在 座
chǎn yè 產 業	——	cán yuè 殘 月
shè jì 設 計	——	shè jí 涉 及
jī shēn 躋 身	——	zī shēng 滋 生

四、普通話詞彙及知識點

1. 廣東話的「落晒形」，普通話應說成「憔悴、憔悴不堪」。
   例如：（廣東話）你點解落晒形？
   　　　（普通話）你為甚麼這麼憔悴？

2. 廣東話的「生痱滋」，普通話應說成「長口瘡」。
   例如：（廣東話）好痛啊！又生痱滋啦。
   　　　（普通話）好疼啊！又長口瘡了。

3. 廣東話的「側入去」，普通話應說成「塞進去」。
   例如：（廣東話）你將啲衫側入去。
   　　　（普通話）你把那些衣服塞進去。

4. 廣東話的「冧人」，普通話應說成「哄人、哄人開心」。
   例如：（廣東話）你咁識冧人嘅？
   　　　（普通話）你怎麼那麼會哄人？

5. 廣東話的「心思思」，普通話應說成「老惦記着」。
   例如：（廣東話）佢成日心思思想賺大錢。
   　　　（普通話）他整天老惦記着賺大錢。

五、小笑話　03-05.mp3

甲：好久不見，你的廣東話「升 level」了沒有？

乙：姓黎？我叫李明，不叫黎明。

甲： 我不是説姓黎，我是説「improve」，你的廣東話
　　 「improve」了沒有？

乙： 噢，原來你是問我的廣東話升階了沒有。

甲： 對。

乙： 對不起，還沒有。

六、聽錄音　朗讀句子 03-06.mp3

1. 歡迎李總蒞臨公司考察，先讓我帶您到處轉轉吧！
2. 所有問題您都可以直接問小王，他特別熟悉！
3. 您看，這是我們專門從德國訂製的生產線。
4. 我們在主營板塊牢牢掌握知識產權，也申請了多項專利。
5. 目前來看，總部是打算逐年加大投資的。
6. 對私營機構來説，最怕的就是資金鏈斷裂。
7. 不管前期投入多大，企業都要堅持自主研發。
8. 過去十年，咱們幸虧搭上了國家對外開放的快車。
9. 深圳不斷吸引高新科技人才，整個城市正在飛速發展。
10. 香港也漸漸意識到自身在人工智能領域的短板了。

七、請回答下列問題

1. 根據課文，創威公司在業務考察中希望傳達甚麼訊息？
2. 如果你是「李總」，你在考察中會重點關注甚麼業務？
3. 接待投資商務考察的時候，你覺得外資和中資有何不同？
4. 對企業進行訪談時，有哪些注意事項？

5. 連鎖企業分公司應如何接待總部的業務考察？
6. 若預先知道投資方有意撤資，你會如何安排這次考察？
7. 你覺得「直營」與「加盟」兩種商業模式，各有甚麼優缺點？
8. 作為投資商，你會如何閱讀企業年報？
9. 若你的公司仍在虧損階段，你會如何想辦法融資？
10. 作為投行分析員，哪些風險是你覺得必須規避的？

八、延伸閱讀

香港科技園

　　香港科技園公司致力將科學園打造為全方位創科大本營，集研發、測試、人才、資金、科研商品化於一身，把整個園區佔地 22 公頃的園區構建為推動創科發展之核心基地。

　　園區共有 21 幢大樓，設有最先進的實驗室及科研辦公室，面積共 3,552,000 平方尺，全方位支援創科，覆蓋範疇廣泛，包括完善科研辦公室設施、科技支援、實驗室服務、開拓市場及聯繫不同業界及投資者等，協助加速科研成果商品化。

　　科學園設施配套完善，適合任何類型的科技企業建立基地，無論是研究機械人技術、環保再生能源、醫藥等範疇的初創企業及科技公司，均爭相進駐。科學園的科研辦公室、實驗室和會議及展覽場地，按時間或項目收費，迎合各種業務需求。

除世界級創科基建外，園內亦提供全面的休閒生活設施，包括多元化商舖、餐飲服務及會所，建立緊密的創科社區。

科學園位置便利，由市中心駕車前往只需 15 分鐘，而乘搭公共巴士亦只需 30 分鐘。另外，由科學園前往深圳的製造業樞紐亦只需 30 分鐘，亦有不同公共交通工具連接，方便往來。

科學園仍在不斷擴展，科學園擴建項目（SPX1）將於 2019 年建成，提供兩座具備自動化、物聯網及智能建築系統的大樓，進一步加快園區內的「智慧社區」發展。

創新斗室亦即將上馬，在科學園旁邊興建大樓，為科技人員提供工作與住宿共用單位，鼓勵人才聚集交流，亦方便科研人員將工作地點和休息空間的距離拉近。

資料來源：香港科技園官方網站
https://www.hkstp.org/zh-hk/our-stories/our-footprint/science-park/

公司上市

公司上市

———————— ≫ 背景 ≪ ————————

公司把其證券及股份於世界各地證券交易所上市後，公眾人士可根據各個交易所的規則自由買賣相關證券及股份，即成為該公司之股東，享有股東權益。在香港，符合條件的公司可以向香港聯合交易所有限公司（聯交所）申請在主機板或創業板上市。現在，中國內地金鵬公司的代表王經理來到香港，向摩根士丹利的陳小姐諮詢公司在香港上市的事項。

———————— ≫ 對話 ≪ ———————— 04-00.mp3

王經理：
wáng jīng lǐ chén xiǎo jie hǎo jiǔ bú jiàn yào jiàn dào nín zhè wèi
陳小姐，好久不見！要見到您這位
jīn róng zhuān jiā kě zhēn bù róng yì a
金融專家可真不容易啊！

陳小姐：
chén xiǎo jie xìng huì xìng huì wáng jīng lǐ hěn bào qiàn méi néng
幸會幸會！王經理，很抱歉沒能
qīn zì qù bài fǎng nín wǒ shí zai shì wú xiá fēn shēn
親自去拜訪您，我實在是無暇分身
a
啊。

王經理：
wáng jīng lǐ tīng shuō zuì jìn yǒu hěn duō nèi dì qǐ yè lái xiāng gǎng
聽說最近有很多內地企業來香港
shàng shì nín jiù shì zhuān mén fù zé shàng shì jí zī
上市，您就是專門負責上市集資
yè wù de ba
業務的吧？

陳小姐: 是的,香港是國際金融中心,很多內地企業都瞄準了香港市場,作為海外上市集資的首選之地。貴公司也有這方面的意向嗎?

王經理: 當然,這是大勢所趨嘛。我們公司想要加快和國際接軌,吸引外來資金,增強在全球市場的競爭力,來香港上市是最快的途徑之一。

陳小姐: 王經理還是這麼慧眼如炬。香港之所以能夠吸引國際投資者,正在於這裏完善的法制監管,出色的銀行體系和配套服務等等便利條件。

王經理: 那你們是怎樣協助我們這樣的企業來香港上市的呢?

公司上市

陳小姐：我們會派專人去貴公司考察，了解貴司的業務性質和賬目，評估貴司是否符合上市主板或者創業板的條件。

王經理：上市的條件會不會很嚴苛？程序會不會很複雜？你知道內地的企業制度還是和西方有一定差別的。

陳小姐：這正是我們公司的職責所在。我們會先對貴司作深入了解和研究，協助貴司重建一套符合國際標準的商業流程和管理制度，再來尋求我們公司投資銀行部門的協助，承銷和保薦貴司的股票首次公開發行，並且於香港股票交易所上市。

wáng jīng lǐ　　kàn lái wǒ men yào xiǎng zài xiāng gǎng shàng shì chéng
王 經理： 看 來 我 們 要 想 在 香 港 上 市 成
　　　　　gōng　　hái bì xū duō duō yǐ zhàng chén xiǎo jie le
　　　　　功 ， 還 必 須 多 多 倚 仗 陳 小 姐 了。
　　　　　bù zhī dao nǐ men hé shàng shì shěn pī jī gòu de
　　　　　不 知 道 你 們 和 上 市 審 批 機 構 的
　　　　　guān xì zěn me yàng　 néng bù néng
　　　　　關 係 怎 麼 樣 ？ 能 不 能 ……

chén xiǎo jie　　wáng jīng lǐ　zǒu hòu mén shì xíng bù tōng de　　xiāng
陳 小姐： 王 經理，走 後 門 是 行 不 通 的。 香
　　　　　gǎng shàng shì de shēn qǐng dōu shì gōng píng gōng kāi
　　　　　港 上 市 的 申 請 都 是 公 平 公 開
　　　　　de　nín yào shi yǒu zhè zhǒng xiǎng fa　wǒ men jiù hěn
　　　　　的。您 要 是 有 這 種 想 法，我 們 就 很
　　　　　nán hé zuò xià qu le
　　　　　難 合 作 下 去 了。

一、語音知識：語調變化之停頓和語速

停頓是指詞語或句子之間，段落或層次之間聲音上的間歇。
停頓既是説話人換氣的需要，也是語意表達的需要。具體來
説，停頓可按其性質分為「語法停頓」和「句法停頓」兩種：

1. 語法停頓

語法停頓也被稱為結構停頓，是指根據句子或句群的結構關
係而作的停頓。比如句中主語和謂語之間、述語和賓語之間、
定語狀語和中心語之間的停頓，以及分句之間、句子之間、
層次段落之間的停頓等，都屬於語法停頓。

一般常用標點符號作為語法停頓的主要標誌。停頓的時間以頓號為最短，逗號稍長，分號和冒號再長一點，句號、問號、感嘆號和省略號更長一點，而段落之間的停頓又比句子之間的停頓更長。

以下例句以 / 表示較短的停頓，以 // 表示稍長的停頓，以 /// 表示較長的停頓：

（1）港珠澳大橋 / 還包含離岸人工島 / 以及海底隧道，/ 是世界上跨海距離最長的 / 橋隧組合公路。//

（2）政府不斷出台 / 關於環境保護的政策法規，// 例如 / 嚴格控制企業污染物的排放，// 關、/ 停、/ 併、/ 轉那些高污染、/ 高耗能的企業。///

2. 邏輯停頓

邏輯停頓是指在沒有標點的地方，為了強調某種語意、觀點或者感情所作的停頓，也被稱為強調停頓。

以下例句仍以 / 表示較短的停頓，以 // 表示稍長的停頓，以 /// 表示較長的停頓：

（1）我的心 / 不禁一顫，// 多可愛的小生靈啊！// 對人 / 無所求，// 給人的 / 卻是極好的東西。//

（2）港珠澳大橋的建成，/ 可使香港更有效地發揮 / 其區域性貿易 / 和物流樞紐的 / 關鍵作用，// 並促進 / 香港與珠江鄰近省份的 / 經濟融合。// 同時，/ 它也為香港提供了 / 大量拓展內地業務的良好商機。///

需要注意的是，句子停頓的時間長短應該是說話人根據語言環境和表情達意的需要而靈活掌握、適當安排的。

二、語音練習：請朗讀下面的句子，注意應該停頓的地方並用 /、//、/// 線標示出來。

(1) 森林維護地球生態環境的這種「能吞能吐」的特殊功能是其他任何物體都無法取代的。

(2) 台灣有桃園、高雄兩個主要國際機場，其最主要的航空公司是中華航空和長榮航空公司。

(3) 香港文化博物館位於沙田區大圍，是由康樂及文化事務署管理的一所綜合性博物館，內容涵蓋歷史、藝術和文化等範疇。

(4) 中國幅員遼闊，地勢複雜，全國各地的氣候差異很大，所以在不同的季節去不同的地方旅遊都要留意當時當地的天氣情況。

(5) 人們通過閱讀，卻能進入不同時空的諸多他人的世界。這樣，具有閱讀能力的人，無形間獲得了超越有限生命的無限可能性。

三、容易讀錯的詞和字　04-03.mp3

zhuān jiā 專家	──	zhuǎn jià 轉嫁
bào qiàn 抱歉	──	pāo qì 拋棄
wú xiá 無暇	──	wǔ xiá 武俠

qǐ yè 企 業	——	xǐ yuè 喜 悦
shàng shì 上 市	——	shāng shì 傷 勢
miáo zhǔn 瞄 準	——	miù lùn 謬 論
dǎ shì 大 勢	——	dà shì 大 事
jiē guǐ 接 軌	——	xié guì 鞋 櫃
jìng zhēng 競 爭	——	jǐn zhāng 緊 張
zhàng mù 帳 目	——	zhāo mù 招 募

四、普通話詞彙及知識點

1. 廣東話的「按盤價」，普通話應説成「名義價格」。
   例如：（廣東話）滙豐嘅按盤價係 70 蚊。
   　　　（普通話）滙豐的名義價格是 70 塊。

2. 廣東話的「按金」，普通話應説成「押金、保證金」。
   例如：（廣東話）你需要俾 1 萬蚊按金。
   　　　（普通話）你得給 1 萬塊押金。

3. 廣東話的「除淨日」，普通話應説成「除權日」。

　　例如：（廣東話）聽日係煤氣嘅除淨日，你今日快啲買。

　　　　　（普通話）明天是煤氣的除權日，你今天快點兒買。

4. 廣東話的「股息」，普通話應説成「股利、股息」。

　　例如：（廣東話）我收到領展嘅股息啦。

　　　　　（普通話）我收到領展的股利／股息了。

5. 廣東話的「股票代號」，普通話應説成「股票代碼」。

　　例如：（廣東話）騰訊嘅股票代號係幾多？

　　　　　（普通話）騰訊的股票代碼是多少？

五、小笑話　04-05.mp3

乙：　咱們今天吃湖南菜，好不好？

甲：　我「上飛機」了，吃上海菜，好嗎？

乙：　上飛機？你去哪兒玩兒？

甲：　我不是去玩兒，我是説我的嘴好痛。你看！

乙：　噢，原來長口瘡了，那好吧，咱們今天就吃上海菜。

甲：　好！

六、聽錄音　朗讀句子　04-06.mp3

1. 正是看中了香港法律監管完善，我們才來尋求來香港上市的。

2. 遞表期限就要到了，大家都在沒日沒夜地加班。

3. 從下個月開始，我們就得一趟趟跑客戶了。
4. 聯交所第一輪回覆意見下來了，小蔡會馬上跟進。
5. 明天你帶上律師和會計，去深圳做個訪談。
6. 您方的財務報表有問題，保薦人沒法兒簽字啊！
7. 評估過後，實話說貴公司目前在香港上市難度挺大的。
8. 作為中資投行，我們更擅長幫助內地背景的企業上市。
9. 大家再熬一陣，做完這個項目集體放假！
10. 請您相信我們的專業團隊，我們也希望用最低成本做成這件事。

七、請回答下列問題

1. 香港聯交所遞表時間是怎麼規定的？
2. 前期淨值調查的目的是甚麼？
3. 實地訪談的目的是甚麼？
4. 保薦人團隊一般設置哪些崗位？
5. 主板和創業板有何差別？
6. 甚麼叫「借殼上市」？
7. 如客戶希望尋求「便利」途徑，請嘗試如何回應。
8. 若客戶指責「收錢不做事」，需要他們準備太多文件，你會如何解釋？
9. 在核查上市文件的過程中，面對自己不熟悉的領域，你會怎麼處理？
10. 假設客戶文件有缺漏，請模擬用電話追回所需文件。

八、延伸閱讀

在香港上市的條件

下表羅列在主板及創業板上市的主要要求：

主板	創業板
主要要求	主要要求
➲最低公眾持股量一般為 25%（如上市時市值逾 100 億港元可減至 15%）	➲最低公眾持股量一般為 25%（如上市時市值逾 100 億港元可減至 15%）
➲至少 300 名股東	➲至少 100 名股東
➲管理層最近 3 年不變	➲管理層最近 2 年不變
➲擁有權和控制權最近 1 年不變	➲擁有權和控制權最近 1 年不變
➲至少 3 名獨立董事，並必須佔董事會成員人數至少三分之一	➲至少 3 名獨立董事，並必須佔董事會成員人數至少三分之一
➲要求每半年提交財務報告	➲要求每一季度提交財務報告

主板		創業板
財務要求 （符合以下其中一項測試）		財務要求
盈利測試	○3 年累計盈利 ≥ 5,000 萬港元 ○市值 ≥ 5 億港元	○經營業務有現金流入，前 2 年營業現金流合計 ≥ 3,000 萬港元
市值 / 收入測試	○最近 1 年收入 ≥ 5 億港元 ○市值 ≥ 40 億港元	○市值 ≥ 1.5 億港元
市值 / 收入 / 現金流量測試	○最近 1 年收入 ≥ 5 億港元 ○市值 ≥ 20 億港元 ○經營業務有現金流入，前 3 年營業現金流合計 ≥ 1 億港元	

　　香港作為國際金融中心，向來是全球最熱門的上市及集資地點之一。過去 5 年，以首次公開招股集資總額而言，香港三度位居世界第一。

　　香港交易所（下稱港交所）是香港上市公司的前線監管機構，轄下設有主板及創業板兩個證券市場。主板為根基穩健的公司而設，創業板的上市資格規定較主板低，對象為中小企業。

　　2018 年 4 月，港交所修訂《上市規則》，藉此拓寬香港的上市制度，令新興及創新產業公司也可申請上市。新的《上市規則》條文（1）容許未能通過主板財務資格測試的生物科技公司上市；（2）容許擁有不同投票權架構的公司上市；及（3）為尋求在香港作第二上市的大中華及國際公司設立新的便利第二上市的渠道。

資料來源：港交所網站

未來商機：一帶一路

未來商機：一帶一路

》背景 《

「一帶一路」是「絲綢之路經濟帶」和「21世紀海上絲綢之路」的簡稱。2013年9月和10月由中國國家主席習近平分別提出建設「新絲綢之路經濟帶」和「21世紀海上絲綢之路」的合作倡議。2015年3月28日，中國國家發改委、外交部、商務部等三部委聯合發佈《推動共建絲綢之路經濟帶和21世紀海上絲綢之路的願景與行動》白皮書。現在，鴻圖投資公司的李經理正在向投資者周總介紹關於「一帶一路」的投資商機。

》對話 《

 05-00.mp3

zhōu zǒng
周 總： lǐ jīng lǐ gāng cái nǐ yǐ jīng jiè shào le yí dài yí lù
李經理，剛才你已經介紹了「一帶一路」
de zhǔ zhǐ zài yú jiā qiáng ōu yà fēi dà lù duō guó de lián
的主旨在於加強歐亞非大陸多國的聯
xì hé zuò jiàn gòu duō céng cì de hù lián hù tōng wǎng
繫合作，建構多層次的互聯互通網
luò xiàn zài qǐng zài gěi wǒ jiǎng jiǎng yí dài yí lù zài
絡。現在請再給我講講「一帶一路」在
xiāng gǎng de shāng jī ba
香港的商機吧。

lǐ jīng lǐ
李經理： shǒu xiān cóng dì lǐ wèi zhi lái kàn xiāng gǎng yuán
首先，從地理位置來看，香港原
běn jiù zài yà tài dì qū zhàn jù jǔ zú qīng zhòng de jīng
本就在亞太地區佔據舉足輕重的經
jì dì wèi xiàn zài yòu zhèng wèi yú hǎi shàng sī
濟地位，現在又正位於「海上絲

路」之上， 正是大有可為之時啊。

周總：老李，你就別講大道理了，具體說說香港公司在哪些方面能「大有可為」吧。

李經理：香港一直享有國際金融中心的美譽，可以為內地企業走出國門充當融資平台，比如設立「亞投行香港辦事處」、 成立「企業財資中心」等等， 都可為「一帶一路」提供直接或間接的金融支撐服務。

周總：你說的這些應該是大銀行或者大財團這個層次的大舉措，對於我們這些普通投資者來說， 有哪些具體的投資項目呢？

李經理：香港向來是大型基建項目的集

未來商機：一帶一路

資、融資和資產管理平台。我認為「一帶一路」將會帶動亞洲新興市場對基建投資項目的強勁需求。未來十年，我估計這些地區每年的基建投資總額將以萬億美元計算。

周　總： 聽起來很令人振奮啊。你還有甚麼其他項目可以推薦嗎？

李經理： 其他大型項目還包括開發農業、林業、漁業和畜牧業、開採能源和金屬資源、建設新興工業，以及發展科研合作項目等等。

周　總： 除了這些大項目以外，還有其他的小型投資項目嗎？

李經理： 香港不僅在融資、理財、法律和稅務等領域具備優勢，在運輸和物流服務

fāng miàn yě kě jiè zhe　yí dài yí lù　de dōng fēng dà
方　面　也可藉着「一帶一路」的　東　風大

yǒu kě wéi　nín duì nǎ fāng miàn gèng yǒu xìng qù ne　　wǒ
有　可為。您對哪方　面　更　有　興　趣呢？我

men gōng sī　yí dìng kě yǐ bāng zhù nín xún zhǎo hé shì
們　公　司一定可以幫　助您尋　找　合　適

de tóu zī xiàng mù
的投資　項　目。

一、語音知識：語調變化之重音和強調

重音是語調構成的重要因素之一，説話人把句子裏的某些成分唸得比較重或者比較強，起到突出重點、引起注意或者啟發思考的作用。一般可把重音分為「詞重音」和「句重音」兩種類型：

1. 詞重音

普通話中的多音節詞語都有重讀的音節，叫做詞語重音，並有一些約定俗成的輕重格式，例如：

（1）雙音節詞語的輕重格式常見有兩種，又以第二種佔大多數：

A：重─輕：學生　朋友　月亮

B：中─重：祖國　大學　車站

（2）三個音節詞語一般採用中─輕─重格式：

地鐵站　千里馬　潛力股　頂樑柱

（3）四個音節的詞語常用三種格式：

A：中─輕─中─重：改革開放　物質文化

B：中—重—中—重：香港大學　雄心壯志

C：重—輕—中—輕：黑咕隆咚　滑不溜鰍

2. 句重音

句重音一般分為語法重音和邏輯重音兩種。

（1）　語法重音：又叫自然重音，根據句子的語法結構特點而重讀某個成分。其主要規律是：

A：謂語一般都重音。例如：

風停了，雨歇了，太陽**出來**了。

B：定語、狀語和補語比中心語讀得重。例如：

你普通話説得**很流利**。

C：疑問代詞和指示代詞常重讀。例如：

這部電影**甚麼**時間上映？

（2）　邏輯重音：又叫強調重音，説話人為了表達某種強烈的思想或感情，而將句中某個詞語突出強調出來的重音。所以這種重音是不固定的，説話人的目的不同則重音不同。例如：

A：我**知道**你會説中文。（你不用瞞我了）

B：我知道你會説**中文**。（這是你的語言特長）

C：我知道**你**會説中文。（別人我不管）

請注意，邏輯重音和語法重音是相輔相成的，前者是一般規律，後者是在不同語境中的靈活使用，目的都是為了使語意鮮明，使聽話人迅速理解句意、感染句情。因此需要讀者根據實際需要而綜合運用。

二、語音練習

1. 請朗讀下列詞語，並標出它們的輕重音：
   市場　定期　港幣　貿易　經濟　政治
   房地產　信用卡　見面禮
   股票走勢　醫療保險　國家機器

2. 請朗讀下面一段話，並標出它的語法重音：
   在這幽美的夜色中，我踏着軟綿綿的沙灘，沿着海邊，慢慢地向前走去。海水，輕輕的撫摸着細軟的沙灘，發出溫柔的刷刷聲。

3. 請朗讀下面一段話，並標出它的邏輯重音：
   在星的懷抱中，我微笑着，我沉睡着，我覺得自己是一個小孩子，現在睡在母親的懷裏了。

三、容易讀錯的詞和字　🎧 05-03.mp3

zhǔ zhǐ 主旨	——	zǔ zhǐ 阻止
wǎng lù 網路	——	wān lù 彎路
dì lǐ 地理	——	dì lì 地利
zhàn jù 佔據	——	zàn xǔ 讚許

jù tǐ 具體	——	qū tǐ 軀體
měi yù 美譽	——	wéi yuē 違約
róng zī 融資	——	róng qì 容器
tóu háng 投行	——	tóng háng 同行
cái tuán 財團	——	chāi tái 拆台
zhèn fèn 振奮	——	chūn fēn 春分

四、普通話詞彙及知識點

1. 廣東話的「個心嘟住」，普通話應説成「心裏不舒服」。
   例如：（廣東話）最近股票蝕咗幾十萬，我個心嘟住嘟住。
   　　　（普通話）最近股票虧了幾十萬，我的心很不舒服。

2. 廣東話的「走夾唔唞」，普通話應説成「拼命走／跑」。
   例如：（廣東話）前邊有人打劫，嚇到我走夾唔唞。
   　　　（普通話）前邊有人打劫，把我嚇得拼命跑。

3. 廣東話的「睇衰」，普通話應説成「看不起、看扁」。
   例如：（廣東話）你要努力，唔好俾人睇衰。
   　　　（普通話）你得努力，不要讓人看扁。

4. 廣東話的「O 嘴」，普通話應説成「無語、無話可説」。

  例如：（廣東話）你的行為叫我 O 嘴。

     （普通話）你的行為讓我無語。

5. 廣東話的「飲大咗」，普通話應説成「喝高了、喝多了」。

  例如：（廣東話）你係唔係飲大咗？

     （普通話）你是不是喝多了？

五、小笑話 05-05.mp3

乙： 您在哪家公司工作？

甲： 我在「強姦」工作。

乙： 甚麼？你強姦工作？

甲： 不是，我是在 CK Holdings 工作。

乙： 噢，原來你在長江公司工作。

甲： 對。

六、聽錄音　朗讀句子 05-06.mp3

1. 很多城市這次可算是借上政策的東風了。
2. 沒有「一帶一路」，就沒有以中國為中心的貿易帶。
3. 香港作為大陸的門戶，為甚麼不好好把握發展機會呢？
4. 雖然資源不足，但這個城市硬是靠金融發展得如日中天。
5. 香港向來是炙手可熱的集資、融資和資產管理平台。
6. 只有保住「金融中心」的信譽，資本才敢源源不斷地進來。

7. 但凡從事對華貿易的國際巨商，哪個沒在香港設立機構？

8. 這麼大體量的貿易往來，咱們一定要做成這單交易。

9. 「一帶一路」輻射到的國家，都很樂意參與計劃。

10. 等大灣區建設完成後，港粵兩地無障礙交流指日可待。

七、請回答下列問題

1. 請説説「一帶一路」主要涉及哪些地區？

2. 你知道「海上絲綢之路」嗎？

3. 你認為「一帶一路」的前景如何？

4. 在全球化的今天，為甚麼要建起這樣一條經濟帶？

5. 你覺得香港在「一帶一路」中扮演甚麼角色？

6. 香港與深圳地理位置相似，在投資環境上有哪些不同？

7. 文中提到香港將在「一帶一路」中「大有可為」，你同意嗎？為甚麼？

8. 香港近期社會不穩定，你認為會影響其「國際金融中心」的稱號嗎？

9. 有人認為「一帶一路」相關國家存在比較大的風險，你怎麼看？

10. 請説説你對「大灣區」的認知。

八、延伸閱讀

「一帶一路」框架思路

「一帶一路」貫穿亞歐非大陸，包括：

「絲綢之路經濟帶」：重點暢通中國經中亞、俄羅斯至歐洲（波羅的海）；中國經中亞、西亞至波斯灣、地中海；及中國至東南亞、南亞、印度洋。「21世紀海上絲綢之路」：重點方向是從中國沿海港口過南海到印度洋，延伸至歐洲；及從中國沿海港口過南海到南太平洋。並且根據以上走向打造六個國際經濟合作走廊。

1. 新亞歐大陸橋經濟走廊

新亞歐大陸橋又名「第二亞歐大陸橋」，是從中國江蘇連雲港經新疆阿拉山口至荷蘭鹿特丹的國際鐵路交通幹線。

2. 中蒙俄經濟走廊

中蒙俄三國地域相連，相互之間早已在互市貿易、邊境地區合作方面展開了不同程度的經濟交流合作。

3. 中國——中亞——西亞經濟走廊

主要從新疆出發，經中亞五國（哈薩克、吉爾吉斯、塔吉克、烏茲別克、土庫曼）至西亞的伊朗、土耳其等國。

4. 中國—中南半島經濟走廊

主要覆蓋大湄公河流域國。特別是廣西已開通往越南河內的國際列車和連接其他主要東南亞城市的航班。

5. 中巴經濟走廊

中巴經濟走廊的目標是打造一條北至新疆喀什、南至巴基斯坦瓜達爾港的經濟大動脈。

6. 孟中印緬經濟走廊

「一帶一路」倡議提出孟中印緬經濟走廊，通過建設緊密的關係進一步推動四國合作。

合作重點

「一帶一路」以「五通」為主要內容，包括：

1. 政策溝通

沿線各國通過平等協商，共同制定推進國家之間或區域合作的發展規劃和措施，協商解決合作中的問題。

2. 基礎設施互聯互通

推動口岸基礎設施建設，暢通陸水聯運通道。促進沿線國家鐵路、公路、航空、港口等基礎設施實現互聯互通。

3. 貿易暢通

　　研究解決投資貿易便利化問題，減少貿易投資壁壘，促進區域經濟一體化。

4. 資金融通

　　加強貨幣政策協調，深化多雙邊金融合作，通過區域安排增強抵禦金融風險的能力。

5. 人文交流

　　加強各國人民友好往來，為開展區域合作奠定民意基礎和社會基礎。

資料來源：http://china-trade-research.hktdc.com/
business-news/article/ 一帶一路 / 一帶一路 - 建設 /obor/
tc/1/1X3CGF6L/1X0A36B7.htm

電子商務

電子商務

》 背景 《

電子商務是指通過使用互聯網等電子工具（包括電報、電話、廣播、電視、傳真、電腦、電腦網路、移動通信等）在全球範圍內進行的商務貿易活動。電子商務活動是包括商品和服務的提供者、廣告商、消費者、仲介商等有關各方行為的總和。現在，霆迅公司業務部的兩位經理正就公司在電子商務方面的發展和前景進行討論。

》 對話 《 06-00.mp3

huáng jīng lǐ
黃　經理： zán men gōng sī shì shuài xiān kāi zhǎn wǎng shàng
咱們公司是率先開展網上
diàn zǐ shāng wù de gōng sī zhī yī zuò wǎng luò
電子商務的公司之一，做網絡
shēng yi shí jǐ nián le kě shì mù qián de jīng yíng
生意十幾年了。可是目前的經營
zhuàng tài yǒu xiē tíng zhì bù qián yíng yè é yě bú
狀態有些停滯不前，營業額也不
tài lǐ xiǎng nǐ shuō zhè shì shén me wèn tí ne
太理想。你說這是甚麼問題呢？

wáng jīng lǐ
王　經理： zhèng yóu yú zán men qiǎng dé le shì chǎng xiān jī
正由於咱們搶得了市場先機，
suǒ yǐ qián jǐ nián zài guó jì shāng mào fāng miàn de
所以前幾年在國際商貿方面的
jìn zhǎn fēi cháng xùn měng guó jì kè hù bú duàn
進展非常迅猛，國際客戶不斷
zēng jiā wǒ xiǎng mù qián de zàn shí tíng zhì shì shòu
增加。我想目前的暫時停滯是受

到整個行業的大環境影響吧。

黃　經理：不是吧？現在人們對電子商務的接受度已經越來越高了。不僅商家之間的業務往來，就連普通人的消費模式也大大電子化了，像是網上訂購，網上支付，網絡銀行等功能已經成為人們日常的生活技能了。

王　經理：你說得沒錯。隨着移動通信技術的突飛猛進，現在人們更傾向於使用手機或者掌上電腦進行商務活動了。也許咱們應該在移動電子商務上多下點功夫了。

黃　經理：的確如此。我聽說技術部正在進行移動數據處理系統和支付系統

的技術升級工作。看來公司將來

的業務方向也要向移動電商

擴展了。

王經理：移動電商確實有更加靈活、簡

單和方便的優點，可是它對移動

網絡交易的安全性也提出了更

高的要求。現在「電訊詐騙」防

不勝防，真令人談虎色變！

黃經理：是啊，不僅有財務安全問題，還有

訊息洩密和黑客攻擊問題，這些都

讓人們對網絡安全問題越來越

關注了。

王經理：我相信當下的網絡技術是可以

保障網絡交易的安全性和保

密性的。而且單憑移動電商能

「隨時隨地」進行交易的這一大優勢
就已經領先傳統商業模式一大
步了。

黃　經理：看來我們只能與時俱進，不斷拓
展新的業務領域了。

一、語文知識：詞彙規範之粵普詞彙對比（一）

普通話作為中國官方的通用語和標準語，是以北方方言詞彙
為基礎，同時吸收其他方言中的成分而組成的。粵語是中國
地域方言的一種，它和普通話之間的差別主要在語音方面，
其次是在詞彙方面，最小是在語法方面。

如果從音節數量（字數）和語素構成（用字）這兩個角度去
對比普通話和粵語之間詞彙的不同，可歸納出以下幾種情況
（以人體器官為例）：

1. 字數相同而用字完全不同

普通話	腿	臉	胳膊	肩膀
粵語	髀	面	手臂	膊頭

2. 字數相同而用字部分不同

普通話	鼻子	耳朵	大拇指
粵語	鼻哥	耳仔	手指公

3. 字數不同而用字也不同

普通話	脖子	眼睛	肚子
粵語	頸	眼	肚

隨着社會發展，很多粵語方言詞不斷進入到普通話的口語中，被普通話所吸收。例如：的士、巴士、買單（埋單）等。

二、詞彙練習

1. 請將下列詞彙中同義的普通話詞彙和粵語詞彙連線：

遮	菜
餸	傘
吃虧	雪櫃
冰箱	蝕底
小伙子	趕唔切
來不及	後生仔

2. 請寫出與下列粵語詞彙對應的普通話詞彙：

窿：＿＿＿＿＿＿＿＿＿＿＿＿＿＿＿＿＿＿＿＿＿

青瓜：＿＿＿＿＿＿＿＿＿＿＿＿＿＿＿＿＿＿＿＿

手襪：_____

朝早：_____

打交：_____

頂唔順：_____

三、容易讀錯的詞和字　06-03.mp3

shēng yì 生 意	——	shēng yù 生 育
tíng zhì 停 滯	——	tíng zhí 停 職
shì chǎng 市 場	——	shí cháng 時 常
xùn měng 迅 猛	——	xù mù 序 幕
zàn shí 暫 時	——	zhàn shì 戰 事
huán jìng 環 境	——	huǎn jiě 緩 解
xiāo fèi 消 費	——	jiǎo fèi 繳 費
dìng gòu 訂 購	——	tōng gào 通 告
jì néng 技 能	——	jī néng 機 能
shù jù 數 據	——	shū jú 書 局

四、普通話詞彙及知識點

1. 廣東話的「捱夜」，普通話應説成「熬夜」。
   例如：（廣東話）我今晚又要捱夜。
   　　　（普通話）我今天晚上又得熬夜。

2. 廣東話的「掃把」，普通話應説成「掃帚、笤帚」。
   例如：（廣東話）唔該，掃把係邊？
   　　　（普通話）請問，笤帚在哪兒？

3. 廣東話的「抹枱布」，普通話應説成「抹布」。
   例如：（廣東話）你用抹枱布將呢度抹下。
   　　　（普通話）你用抹布把這兒擦一下。

4. 廣東話的「地拖」，普通話應説成「拖把、拖布、墩布」。
   例如：（廣東話）快啲幫我搵地拖。
   　　　（普通話）快點兒幫我找墩布。

5. 廣東話的「靚仔、靚女」，普通話應説成「帥哥、美女」。
   例如：（廣東話）各位靚仔、靚女，我哋出發啦。
   　　　（普通話）各位帥哥、美女，我們出發了。

五、小笑話　　06-05.mp3

甲：　你真會「氹」人呢！

乙：　甚麼？你説我打人？

甲： 不是，我是説你的嘴很甜，讓我很開心。

乙： 噢，原來你是説我會哄人，把你哄得很開心。

甲： 對。

乙： 過獎了。

六、聽錄音　朗讀句子 06-06.mp3

1. 全球的知名電商紛紛投向了中國市場。
2. 現在生活中沒有甚麼都不能沒有手機。
3. 別看電子商務體量很大，其實市場已經趨於飽和了。
4. 只要你想得到的日常事務，幾乎都可以動動手指完成。
5. 傳統商業的生存空間只會越來越小。
6. 網絡購物在中國發展得這麼好，物流絕對功不可沒。
7. 每個人都暴露在大數據下，毫無隱私可言。
8. 5G 技術短期內又會帶來一波新的商機。
9. 隨着移動支付的全面普及，我已經很久沒用過現金了。
10. 為了搶佔市場，現在外賣上門比到店裏消費還便宜。

七、請回答下列問題

1. 請説説你對移動支付的看法（便捷、安全、穩定）。
2. 電子商務和傳統商業模式相比，最大的優勢是甚麼？
3. 你知道哪些電商巨頭？他們的核心業務是甚麼？
4. 互聯網時代，你覺得還有個人隱私嗎？
5. 電子商務給你的生活帶來甚麼改變？

6. 作為創業者，你覺得還有甚麼可以依賴互聯網拓展的新業務？

7. 為甚麼中國的電子商務可以發展得如此迅速？

8. 除了移動支付外，你知道支付寶還有甚麼金融業務嗎？

9. 你覺得如果外資電商平台想進入中國市場，最大的挑戰是甚麼？

10. 中國電商公司依靠甚麼銷售手法來吸引國際客戶？

八、延伸閱讀

人工智能：機器人衝擊七大職業，看看有沒有你

如果你的工作無聊或是重複性較強，那就要注意了。在人工智能突飛猛進的時代，你的工作可能會受到機器人的威脅。

約翰‧普利亞諾（John Pugliano）撰寫了一系列有關人工智能方面的書籍，其中包括《機器人來了：人工智能時代的人類生存法則》。他認為，任何循規蹈矩而且可預測性的工作在未來 5-10 年都將有可能被人工智能取代，至少在發達國家是這樣。

普利亞諾開出一份受到機器人威脅的職業清單，其中包括一些迄今為止被認為是比較安全的職業，例如醫生和律師，這種要求受過高資質培訓的專業人士。這一點可能會讓許多人吃驚。

1. 醫生

這聽起來有點牽強附會，因為人們對醫生的需求總是很大，特別是在全球人口老齡化日趨嚴重的情況下。但普利亞諾認為，隨着疾病診斷自動化的改進，某些醫學領域將會受到威脅。然而，他說，對急診室醫生和護理人員的需求仍將繼續存在。此外，對外科醫生等專家的需求也將繼續維持。

2. 律師

普利亞諾相信，未來從事文檔處理和日常工作的律師將會大量減少。 那些不需要太多經驗和專業知識的法律事務，更可能被人工智能電腦軟件所取代。

3. 建築師

簡單建築物的設計已經由人工智能軟件來完成。普利亞諾認為，未來只有那些具有創造性和藝術技能的建築師才能在企業中生存。

4. 會計

普利亞諾說，那些從事複雜稅務領域的專業人士將不會受到影響。但是，從事簡單稅務處理的工作人員將會消失。

5. 戰機飛行員

無人駕駛飛行器（UAV），也就是無人機，已經取代了飛行員，特別是在危險環境中。並且，隨着未來戰爭更加自動化，這種情況將會持續下去。

6. 警察與偵探

尖端監視跟蹤技術系統已經取代警察和普通調查人員。普利亞諾說，雖然這些工作不會消失，但對他們的需求將會大大減弱。

7. 房地產中介

傳統房地產中介的經濟利益將在人工智能時代受損，因為買家和賣家可以直接通過網站進行交易。最有可能失去工作的是房地產中介的中層管理人員，他們的工作其實已經在整體經濟中受到衝擊。

資料來源：BBC 中文網

年金與保險

≫ 背景 ≪

年金保險具有生存保險的特點，只要被保險人生存，被保險人通過年金保險，都能在一定時期內定期領取一筆保險金，獲得因長壽所致的收入損失保障，達到年金保險養老的目的。因此，年金保險又稱為養老金保險。年金保險的保費有多種繳費方式，但在被保險人領取年金以前，投保人必須繳清所有的保費。其保險金給付週期有一年、半年、一季或一月等。年金保險較好地解決了老年人的生活問題，因此，各國對年金保險都十分重視。

田教授祖籍廣東順德，目前在香港的一所大學任職，準備購買年金保險作為退休後的保障。今天，她找到了保險代理人毛小姐進行諮詢。

≫ 對話 ≪　　　🎧 07-00.mp3

---

　　　　　máo dài lǐ　　　tián jiào shòu nín hǎo　　huān yíng nín lái dào wǒ men
毛 代理： 田 教 授 您 好， 歡 迎 您 來 到 我 們
　　　　　gōng sī de xiāng gǎng zǒng bù　wǒ dài nín cān guān cān
　　　　　公 司 的 香 港 總 部，我 帶 您 參 觀 參
　　　　　guān ba
　　　　　觀 吧。

　　　　　tián jiào shòu　　zǎo jiù tīng shuō guo nǐ men gōng sī zī běn xióng hòu
田 教授： 早 就 聽 説 過 你 們 公 司 資 本 雄 厚，
　　　　　zhè cì suàn shì jiàn shi le
　　　　　這 次 算 是 見 識 了。

　　　　　máo dài lǐ　　nín guò jiǎng le　bú guò zhè yě què shí shì wǒ men gōng
毛 代理： 您 過 獎 了，不 過 這 也 確 實 是 我 們 公

司實力的保證。之前我們電話溝通過，您想購買年金保險，對嗎？

田教授：我還沒決定呢，不過想先提前了解一下，畢竟年紀慢慢大了。

毛代理：明白。我們很樂意為您提供一些訊息。我們公司的年金保險有好幾款，最受歡迎的是這款終身年金：前期您分十年繳付共一百萬港幣的保費，在您65歲退休後，每年也可提取十萬港幣，並且終生有效。

田教授：啊，我今年快六十了，離退休也沒幾年了，那不是來不及了？

毛代理：時間長短不要緊。只要您願意，可以提高每年的供款額，縮短年限，達到總額要求即可。

田教授：噢，知道了。雖然我現在住在香港，但是退休後想回到內地老家養老，這樣會有甚麼問題嗎？

毛代理：沒問題的。只要您在香港投保，日後的回報金可以按要求匯入您在內地的帳戶。

田教授：那就好。我還有個顧慮，雖然不太吉利，但還是問清楚比較好。我沒有子女，萬一到時突然有甚麼意外，你們有保障措施嗎？

毛代理：您放心，雖然我們相信您會健康長壽，但作為一個負責任的保險公司，肯定有萬全的保障機制。若投保人在供款過程中遭遇意外，我們會將已繳納的保費退還給其指定的受益人；若投保人在

jiǎo zú bǎo fèi hòu shēn gù wǒ men yě huì yǐ bǎo fèi
繳 足 保 費 後 身 故，我 們 也 會 以 保 費
wéi xiàn   jiāng shàng wèi tí qǔ de huí bào yí cì xìng
為 限 ， 將 尚 未 提 取 的 回 報 一 次 性
bǔ zú gěi shòu yì rén
補 足 給 受 益 人。

tián jiào shòu   nà wǒ jiù méi shén me gù lǜ le zhè me shuō lái xī
田 教 授： 那 我 就 沒 甚 麼 顧 慮 了。這 麼 說 來，希
wàng wǒ cháng mìng bǎi suì lā
望 我 長 命 百 歲 啦！

máo dài lǐ   dāng rán nà tián jiào shòu wǒ huí tóu xiān bǎ jì huà
毛 代 理： 當 然！那 田 教 授 ， 我 回 頭 先 把 計 劃
shū fā gěi nín kàn kàn   yǒu shén me wèn tí nín zài suí
書 發 給 您 看 看 ， 有 甚 麼 問 題 您 再 隨
shí lián xì wǒ hǎo ma
時 聯 繫 我，好 嗎？

tián jiào shòu   fēi cháng gǎn xiè wǒ jué de nǐ hěn kào pǔ   xī wàng
田 教 授： 非 常 感 謝，我 覺 得 你 很 靠 譜，希 望
zán men néng zuò chéng zhè dān shēng yi
咱 們 能 做 成 這 單 生 意！

一、語文知識：詞彙規範之粵普詞彙對比（二）

如果只從語素構成（用字）的角度來比較普通話和粵語詞彙
的不同，有的是語素構成的語序不同，即所謂同字不同序；
還有的是語素構成的選擇不同。本課試舉例說明：

1. 用字相同，語序相反

粵語	齊整	擠擁	雞公	狗公	質素	私隱
普通話	整齊	擁擠	公雞	公狗	素質	隱私

2. 用字時的選擇不同

（1）普通話選擇現代漢語詞彙，粵語傾向保留古漢語詞彙；

粵語	枱	面	入
普通話	桌	臉	進

（2）普通話選擇新詞彙，粵語沿用傳統詞彙；

粵語	報館	郵差	機師
普通話	報社	郵遞員	飛行員

（3）普通話選擇某些雙音節詞彙的前/後語素與粵語相反。

粵語	闊（寬闊）	揀（挑揀）	沙（沙啞）	肥（肥胖）
普通話	寬（寬闊）	挑（挑揀）	啞（沙啞）	胖（肥胖）

二、詞彙練習

1. 請寫出下列粵語詞彙相對應的普通話詞彙，並注意其對應的規律：

飯盒：_____

訂裝：_____

飲水：_____

花樽：_____

橫蠻：_____

企：_____

計：_____

2. 請寫出下列幾種職業的普通話詞彙，並注意其對應的規律：

東主：_____

差人：_____

書記：_____

看更：_____

看護：_____

郵差：_____

三、容易讀錯的詞和字　　🎧 07-03.mp3

huān yíng 歡迎	——	fǎn yìng 反映
xióng hòu 雄厚	——	hóng hú 鴻鵠
lè yì 樂意	——	luò yì 絡繹

zī xùn 資訊	——	zì jìn 自盡
zhōng shēn 終身	——	zòng shēn 縱深
nián jīn 年金	——	miàn jīn 面巾
bǎo fèi 保費	——	bào fèi 報廢
yǎng lǎo 養老	——	yín lóu 銀樓
gù lǜ 顧慮	——	kǔ lì 苦力
cháng shòu 長壽	——	chán shǒu 纏手

四、普通話詞彙及知識點

1. 廣東話的「傾偈」，普通話應説成「聊天兒」。
   例如：（廣東話）我哋傾下偈啦。
   　　　（普通話）咱們聊會兒天兒吧。

2. 廣東話的「晾衫」，普通話應説成「晾衣服」。
   例如：（廣東話）啲衫係邊度晾？
   　　　（普通話）在哪兒晾衣服？

3. 廣東話的「羞家」，普通話應説成「丟臉」。
   例如：（廣東話）你咁羞家㗎。
   　　　（普通話）你怎麼那麼丟臉。

4. 廣東話的「沙沙滾」，普通話應説成「做事馬虎、不踏實」。
   例如：（廣東話）做人要腳踏實地，唔好沙沙滾。
   　　　（普通話）做人要腳踏實地，不要馬虎了事。

5. 廣東話的「卸膊」，普通話應説成「推卸責任」。
   例如：（廣東話）佢好識卸膊㗎。
   　　　（普通話）他很會推卸責任。

五、小笑話　🎧 07-05.mp3

乙：　你去哪兒？
甲：　我去給女朋友買「墳地」。
乙：　甚麼？你現在去給女朋友買墳地？
甲：　不是，我是説抹在臉上的化妝品。
乙：　噢，原來你是説粉底液。
甲：　對。

六、聽錄音　朗讀句子　🎧 07-06.mp3

1. 要想晚年無憂，年金保險是必不可少的。

2. 理財方面，越早打算越有勝算。
3. 年金也好，其他投資也好，一定要選擇一家靠譜的公司。
4. 按照目前這個回報率，您退休之後可以高枕無憂啦。
5. 這是公司給 VIP 年金客戶的新年禮物，祝您福壽雙全！
6. 唉！如今生意不好做，大家生活壓力大得不得了！
7. 這次先帶您了解了解，您可以考慮考慮再決定。
8. 除了強身健體之外，還要提早規劃資產。
9. 別看做金融的人表面好像很風光，其實也只是高級打工仔而已。
10. 我找你做代理這麼多年，早把你當成好朋友啦。

七、請回答下列問題

1. 你覺得「強積金」能夠保障香港市民退休後的基本生活嗎？
2. 除了「強積金」之外，哪些人適合另外購買「年金保險」？
2. 你是從甚麼時候開始理財的？
3. 你是從甚麼時候開始為自己買保險的？甚麼類型的保險？
4. 香港人退休後的生活狀況如何？說說你的了解。
5. 你為退休後的生活做過規劃嗎？請你描述一下。
6. 請嘗試從香港人平均壽命的角度說服客戶購買「年金保險」。
7. 如內地客戶有意在香港購買保險，你會推薦甚麼類型的保險？
8. 你會建議客戶拿出收入的多大比例用於養老規劃？

9. 甚麼是「即期年金」和「延期年金」？

10. 有人說女性購買「年金」比男性更划算，你同意嗎？

八、延伸閱讀

年金保險的種類

A. 個人養老金保險

　　這是一種主要的個人年金保險產品。年金受領人在年輕時參加保險，按月繳納保險費至退休日止。從達到退休年齡次日開始領取年金，直至死亡。

　　年金受領者可以選擇一次性總付或分期給付年金。如果年金受領者在達到退休年齡之前死亡，保險公司會退還積累的保險費（計息或不計息）或者現金價值，根據金額較大的計算而定。在積累期內，年金受領者可以終止保險合同，領取退保金。一般説來，保險公司對個人養老金保險可能會有如下承諾：

1. 被保險人從約定養老年齡（比如50周歲或者60周歲）開始領取養老金，可按月領也可按年領，或一次性領取。對於按年領或按月領者，養老金保證一定年限（比如10年）給付，如果在這一年限內死亡，受益人可繼續領取養老金至年限期滿。

2. 如果養老金領取一定年限後被保險人仍然生存，保險公司每年給付按一定比例遞增的養老金，一直給付，直至死亡。

3. 交費期內因意外傷害事故或因病死亡，保險公司給付死亡保險金，保險合同終止。

B. 定期年金保險

這是一種投保人在規定期限內繳納保險費，被保險人生存至一定時期後，依照保險合同的約定按期領取年金，直至合同規定期滿時止的年金保險。如果被保險人在約定期內死亡，則自被保險人死亡時終止給付年金。子女教育金保險就屬於定期年金保險。父母作為投保人，在子女幼小時，為其投保子女教育金保險，等子女滿 18 歲開始，從保險公司領取教育金作為讀大學的費用，直至大學畢業。

C. 聯合年金保險

這是以兩個或兩個以上的被保險人的生命作為給付年金條件的保險。它主要有聯合最後生存者年金保險以及聯合生存年金保險兩種類型。聯合最後生存者年金是指同一保單中的二人或二人以上，只要還有一人生存就繼續給付年金，直至全部被保險人死亡後才停止。它非常適用於一對夫婦和有一個永久殘疾子女的家庭購買。由於以上特點，這一保險產品比起相同年齡和金額的單人年金需要繳付更多保險費。聯合生存年金保險則是只要其中一個被保險人死亡，就停止給付年金，或者將隨之減少一定的比例。

D. 變額年金保險

　　這是一種保險公司把收取的保險費計入特別賬戶，主要投資於公開交易的證券，並且將投資紅利分配給參加年金的投保者，保險購買者承擔投資風險，保險公司承擔死亡率和費用率的變動風險。對投保人來說，購買這種保險產品，一方面可以獲得保障功能，另一方面可以以承擔高風險為代價得到高保額的返還金。因此購買變額年金類似於參加共同基金類型的投資，如今保險公司還向參加者提供多種投資的選擇權。

　　由此可見，購買變額年金保險主要可以看做是一種投資。在風險波動較大的經濟環境中，人壽保險市場的需求重點在於保值以及與其他金融商品的比較利益。變額年金保險提供的年金直接隨資產的投資結果而變化。變額年金保險，是專門為了對付通貨膨脹，為投保者提供一種能得到穩定的貨幣購買力而設計的保險產品形式。

　　　　資料來源：https://wiki.mbalib.com/zh-tw/ 年金保險

房地產投資

》 背景 《

房地產具有增值的特性，這就決定了相對於其他投資工具而言，房地產投資有收益大風險小的特點。一般來說，投資房地產只有長線投資才能始終立於不敗之地；而短線投資房地產，有時會受到經濟衰退的影響而導致全線崩潰。如果你是通過貸款來支付房款，就得背上長期支付利息的包袱。因此在選擇房產作為投資工具的同時，要具備對風險的承受力和規避風險的能力。劉女士是一名深圳商人，女兒出生在香港，目前居住在深圳，在香港上學。為了女兒日後的發展，劉女士打算為她在香港買套房，找到了房產仲介吳濤進行諮詢。

》 對話 《   08-00.mp3

---

wú zhōng jiè
吳 中 介： 劉女士您好， 讓您大老遠跑過來，
xīn kǔ le
辛苦了。

liú nǚ shì
劉女士： 沒關係，現在高鐵開通了，來香
港太方便了！

wú zhōng jiè
吳 中 介： 正是。隨着兩地往來越來越便
利，來港買房的內地客戶也越來越
多了。所以我們建議您早一點兒入

shǒu　　wú lùn zì zhù hái shi tóu zī dōu zhí dé
手 ，無 論 自 住 還 是 投 資 都 值 得 。

liú nǚ shì
劉女士：

wǒ zhè fáng zi shì mǎi gěi nǚ ér de　yīn wèi tā hái
我 這 房 子 是 買 給 女 兒 的 。因 為 她 還

xiǎo　　suǒ yǐ zàn shí shì zhǔn bèi zuò tóu zī　zhī hòu
小 ，所 以 暫 時 是 準 備 做 投 資 ，之 後

zài shuō
再 説 。

wú zhōng jiè
吳 中 介：

míng bai le　suī rán lìng qiān jīn shì xiāng gǎng shēn
明 白 了 。雖 然 令 千 金 是 香 港 身

fen dàn shì yóu yú tā hái wèi chéng nián　　yǐ tā de
份 ，但 是 由 於 她 還 未 成 年 ，以 她 的

míng yì mǎi fáng tóu zī　huì yǒu yì xiē xiàn zhì　shǒu
名 義 買 房 投 資 ，會 有 一 些 限 制 。 首

xiān　nín děi fù quán kuǎn cái xíng　qí cì　rì hòu
先 ，您 得 付 全 款 才 行 。其 次 ，日 後

yòng zuò zū lìn hái hǎo　ruò shì yào mài chū　jiāo yì
用 作 租 賃 還 好 ，若 是 要 賣 出 ，交 易

shǒu xù yě bǐ jiào má fan
手 續 也 比 較 麻 煩 。

liú nǚ shì
劉女士：

quán kuǎn què shí tǐng bù huá suàn de　kě bù kě yǐ
全 款 確 實 挺 不 划 算 的 。可 不 可 以

xiān yǐ wǒ de míng yì mǎi xià ne
先 以 我 的 名 義 買 下 呢 ？

wú zhōng jiè
吳 中 介：

zhè yàng de huà　àn jiē dào shì méi shén me wèn tí
這 樣 的 話 ，按 揭 倒 是 沒 甚 麼 問 題 ，

kě shì yóu yú nín bù shi yǒng jiǔ jū mín　suǒ yǐ xū
可 是 由 於 您 不 是 永 久 居 民 ，所 以 需

yào jiǎo fù lóu jià　de shuì jīn　ér qiě　zài lìng
要 繳 付 樓 價 30% 的 税 金 。而 且 ，在 令

千金成年後，您還要繳納一筆過戶稅。

劉女士：嗯，這個我之前聽說過。還有甚麼別的限制嗎？

吳中介：其他方面沒甚麼了，就是貸款比例可能稍微低一點兒，最多40%。

劉女士：那真是要好好考慮考慮。你覺得投資前景怎麼樣呢？

吳中介：目前看來，樓市未來還是有不少漲幅空間的。而且香港法律完善，市場健全，所以租賃、轉手都是不錯的選擇。我上次給您看的幾個在奧運站的戶型，不僅交通方便，環境也很好。有幾位業主買來出租，收益都很可觀。

liú nǚ shì　　　　ǹ　wǒ jiù shì kàn le nà xiē zī liào　　cái jué dìng lái
劉 女 士： 嗯，我 就 是 看 了 那 些 資 料，才 決 定 來

yí tàng de　nǐ kě yǐ xiān dài wǒ shí dì qù kàn yí xià
一 趟 的。你 可 以 先 帶 我 實地 去 看 一 下

fáng zi ma
房 子 嗎？

wú zhōng jiè　　méi wèn tí　wǒ zhè biān zhèng hǎo yǒu liǎng sān tào
吳 中 介： 沒 問 題，我 這 邊 正 好 有 兩 三 套

kōng zhe de　　dōu zài fù jìn de gāo dàng xiǎo qū　wǒ
空 着 的，都 在 附 近 的 高 檔 小 區。我

dài nín zhuàn zhuan
帶 您 轉 轉 。

liú nǚ shì　　　　nà tài hǎo le　wǒ men zǒu ba　kàn wán zhī hòu　zài
劉 女 士： 那 太 好 了，我 們 走 吧！看 完 之 後，再

huí lai tán
回 來 談。

一、語文知識：語法規範之粵普句式對比（一）

除了語音和詞彙的差異外，普通話和粵語在語法方面的差別
最小。以下將列舉一些句式方面的差異加以對比：

1. 疑問句

普通話和粵語都常用正反疑問句，此外，普通話會用「嗎」
在句末表示疑問，而粵語會用「咩」來表示，但常用在反問
句中。例如：

普通話	粵語
明天去不去？	聽日去唔去？
明天不去嗎？	聽日唔去咩？

2. 把字句

普通話的「把」在粵語中習慣用「將」。例如：

普通話	粵語
把這些錢捐了吧！	將呢啲錢捐俾人啦！
我把他拉上來。	我將佢拉上來。

3. 被動句

普通話的被動句常用「被」、「叫」或「讓」來引出施動者，而粵語則常用「俾」。例如：

普通話	粵語
弟弟被/叫/讓爸爸罵了一頓。	弟弟俾亞爸鬧咗一餐。
這本書被他撕破了。	呢本書俾佢搣爛咗。

二、語法練習：請把下列粵語句子用普通話表達出來

1. 黃生響香港住的耐唔耐？

2. 聽日搞唔搞得掂？

_____

3. 佢將我鎖咗係間班房度。

_____

4. 你要將呢件事話俾老闆聽。

_____

5. 我俾人撞咗一下。

_____

6. 影印機唔知俾邊個整壞咗。

_____

三、容易讀錯的詞和字　🎧 08-03.mp3

gāo tiě 高 鐵	——	gōu tōng 溝 通
biàn lì 便 利	——	piān lí 偏 離
fáng zi 房 子	——	fáng zhǐ 防 止
quán kuǎn 全 款	——	chūn kùn 春 困
zhǔn bèi 準 備	——	zūn bēi 尊 卑

zū lìn 租賃	——	zhǔ rèn 主任
jiāo yì 交易	——	jiào yì 教義
xiàn zhì 限制	——	xián zhì 閒置
shǒu xù 手續	——	shōu jù 收據
kǎo lǜ 考慮	——	gāo lì 高利

四、普通話詞彙及知識點

1. 廣東話的「工人房」，普通話應説成「保姆間」。
   例如：（廣東話）呢度有冇工人房？
   　　　（普通話）這裏有沒有保姆間？

2. 廣東話的「大單位和細單位」，普通話應説成「大戶型和小戶型」。
   例如：（廣東話）你想買大單位定係細單位？
   　　　（普通話）你想買大戶型還是小戶型？

3. 廣東話的「心掛掛」，普通話應説成「老想着、老惦記着」。
   例如：（廣東話）你點解成日心掛掛個層樓？
   　　　（普通話）你為甚麼老想着那套房子？

4. 廣東話的「實用率」，普通話應説成「使用率、得房率」。

例如：（廣東話）呢層樓嘅實用率好高。

（普通話）這套房子的得房率很高。

5. 廣東話的「首期」，普通話應説成「首付、首付款」。

例如：（廣東話）一千萬以上的樓要俾五成首期。

（普通話）一千萬以上的房子得付五成首付。

五、小笑話  08-05.mp3

乙： 你怎麼了？

甲： 我的房子「落水」了，現在我去找物業公司。

乙： 甚麼？你的房子掉在水裏了？

甲： 不是，我是説最近老下雨，我的房子「落水」了，你看看這些照片。

乙： 噢，原來你是説你的房子漏水了，現在去找物業公司幫你修理修理。

甲： 對。

六、聽錄音 朗讀句子 08-06.mp3

1. 如果只有一套房子，那麼再值錢也沒有用。
2. 政府一限購，房價就往上漲。
3. 由於您是非永久居民，需要另繳三成印花税。
4. 這房子才 500 萬，真划得來！

5. 我們租的那套，是房東留給他兒子以後做婚房的。
6. 方正的戶型最實用了，沒有一點兒浪費的地方。
7. 住房是剛需，樓價再跌也跌不到哪兒去。
8. 那些家裏有兩三套房的本地人，光靠收租也夠吃了。
9. 像這樣的老舊樓房，還沒有電梯，沒甚麼升值空間。
10. 近期時局不太安穩，有的樓盤已經開始「跳水」了。

七、請回答下列問題

1. 你覺得租房住和買房住差別大嗎？
2. 如果終生租房，但住房條件比買房好，你能接受嗎？
3. 香港是一個投資房地產的好地方嗎？
4. 香港樓價全球領先，你認為主要原因是甚麼？
5. 不少香港人認為，退休時至少要持有兩套房，才可安度晚年。你同意嗎？
6. 你知道哪些針對房產買賣的稅種？
7. 你在買房時，會重點考慮房子的哪些因素？
8. 在香港，你覺得市中心和偏遠地區的房子哪個性價比高？
9. 之前有不少非本地人赴港買房投資，你認為是個好現象嗎？為甚麼？
10. 你覺得「買漲不買跌」這個說法對嗎？

八、延伸閱讀

2019 大中華區房地產市場展望

　　2019 年中美貿易爭端將持續影響大中華區的企業經營預期，新基礎設施建設加速城市群崛起並抵消部分下行風險。投資需求預計將保持穩定，而不同領域中新科技的運用將會孕育新的商業租賃需求，尤其是來自科技企業的需求。針對 2019 年大中華區房地產市場，世邦魏理仕研究部做出以下主要趨勢預測：

辦公室：

　　中美貿易戰前景未明使中國內地和香港辦公室租賃市場需求放緩，台灣的租賃市場所受影響較少。2019 年，在供應過剩與以貿易與製造業需求所驅動的城市中，辦公室租金增長將有所緩和。

零售物業：

　　線上與線下的融合將繼續推動內地零售需求的發展。由於財富效應逐步遞減，香港與台灣的零售商將採取較為保守的擴張策略。預計大中華區大多數市場的零售租金將持平或略有增長。

工業物流：

　　土地和倉庫供應趨勢將推動粵港澳大灣區、長江三角洲和泛北京地區物流租金的穩定增長。中美貿易衝突和電商自建倉庫的陸續交付使用將增加倉庫租賃需求的不確定性。

投資市場：

　　預期內外資買家將繼續在中國尋求投資機會。自用型和長線投資型買家料將活躍於香港市場。台灣市場將繼續由本地需求驅動，台企回歸將激發當地的工業土地和物業的投資。2019 年，不斷累積的經濟風險將使資本價值更加理性，大中華區整體收益率預計將稍有上升。

資料來源：https://www.cbre.com.hk/zh-hk/research-reports/
Greater-China-Major-Report---Greater-China-Real-Estate-Market-
Outlook-2019-in-Traditional-Chinese

財富管理（走進私人銀行）

財富管理（走進私人銀行）

》背景《

私人銀行起源於 16 世紀的瑞士日內瓦。當時法國的一些經商的貴族由於宗教信仰原因被驅逐出境，形成了第一代瑞士的私人銀行家，歐洲的皇室高官們迅即享受了這種私密性很強的卓越的金融服務。私人銀行專為高淨值客戶設立，為其提供量身定制的財產管理與環球投資等高端金融服務。香港的各家銀行對於開戶的資產門檻要求不同，提供的服務也各有特色。雷女士過去一年在華商銀行的理財金額超過 800 萬港幣，該行的私人銀行部門張經理打來電話邀請她開設帳戶。

》對話《　　　　　　09-00.mp3
---

zhāng jīng lǐ
張　經理： léi nǚ shì zhōng wǔ hǎo　dǎ rǎo le　wǒ shì huá shāng
雷女士中午好，打擾了。我是華商
yín háng sī rén yín háng bù de jīng lǐ zhāng mǐn　zhī
銀行私人銀行部的經理張敏，之
qián gēn nín de zhù lǐ yuē hǎo jīn tiān zhì diàn　　cǐ
前跟您的助理約好今天致電。此
cì shì xiǎng xiàng nín jiè shào yí xià wǒ háng de sī
次是想向您介紹一下我行的私
rén yín háng fú wù
人銀行服務。

léi nǚ shì
雷女士： nǐ hǎo　　qǐng shuō
你好，請說。

zhāng jīng lǐ
張　經理： xiè xie nín　　cóng wǒ men de jì lù kàn nín zài wǒ
謝謝您。從我們的記錄看，您在我
háng de píng jūn lǐ cái jīn é yǐ dá dào　　wàn gǎng
行的平均理財金額已達到 800 萬港

幣，符合我們為高淨值客戶設立的私人銀行申請標準。我們也希望您可以享受到更加私密、專業以及個性化的服務。

雷女士：它比我現在的理財帳戶好在哪兒？

張 經理：開通私人銀行以後，您會享受到許多尊貴特權。首先，一對一的投資專家會根據您的資產特點，給予最全面的投資分析與建議。其次，您可以優先購買行內限量發行的理財及信託產品。另外，私人銀行客戶還可以以超低的利率進行資產抵押。

雷女士：聽上去不錯。但是我兒子沒幾年就要上大學了，我還得多為他留一些流動資金。

財富管理（走進私人銀行）

張經理：您真有遠見！實際上，留學規劃也是我們私人銀行的增值服務之一。我們不僅可以為您提供留學諮詢，還可以將部分資產設置為教育基金，專款專用。另外，我們在海外也有超過200家分支機構。到時無論令公子或者您和家人有求學、移民等打算，都可以在我們當地的分行開設戶口，共享目前帳戶的資產。

雷女士：這個級別的帳戶，手續費一定很高吧？

張經理：絕對不是，我們私人銀行的手續費要比平均水平低一些，而且我們會提供更專業的財富管理和貼身服務，一定會讓您覺得滿意。您有

興趣的話，我可以去您辦公室，詳
細介紹我們私人銀行的服務，並
且幫您辦好開戶手續。

雷女士：　這樣就太好了，我星期五下午有時
間。

張經理：　那非常感謝雷女士選用我們私
人銀行服務，我星期五下午三點去
一趟您辦公室，可以嗎？

雷女士：　沒問題，那我們星期五見。

張經理：　好，星期五見！再見！

雷女士：　再見！

一、語文知識：語法規範之粵普句式對比（二）

本課將繼續對比普通話和粵語在句式方面的差異。列舉如下：

財富管理（走進私人銀行）

1. 比較句

普通話和粵語的比較句在用詞和語序上有很多不同。一般普通話常用「比」，粵語常用「過」。例如：

普通話	粵語
今天比昨天熱。	今日熱過噚日。
我比他早到公司。	我早過佢返到公司。

2. 判斷句

粵語的判斷句常用「……嚟㗎」，而普通話中很少用「……來的」。例如：

普通話	粵語
我老闆是外國人。	我老闆係外國人嚟㗎。
那本不是中文書。	果本唔係中文書嚟㗎。

3. 複句

複句裏的各個分句通常用某些關聯詞來連接。粵語和普通話所選用的關聯詞也有不同。例如：

普通話	粵語
我們一邊吃飯，一邊看電視。	我哋一路食飯，一路睇電視。
今天要麼你去，要麼他去。	今日一係你去，一係佢去。

二、語法練習：請把下列粵語句子用普通話表達出來

1. 學英文難過學中文。

_____

2. 你哋踩單車快過我。

_____

3. 你係由邊度嚟㗎？

_____

4. 屋企部雪櫃係咩牌子嚟㗎？

_____

5. 落緊雨，你一係着雨褸，一係帶把遮。

_____

6. 你一路飲凍可樂，一路食雪糕，小心肚痾。

_____

三、容易讀錯的詞和字　　09-03.mp3

dǎ rǎo 打擾	──	dǎ jiǎo 打攪
sī rén 私人	──	shī rén 詩人
fú wù 服務	──	hù wài 戶外

財富管理（走進私人銀行）

píng jūn 平 均	——	pīn jū 姘 居
gǎng bì 港 幣	——	gāng bǐ 鋼 筆
biāo zhǔn 標 準	——	bǎo zhǔn 保 準
sī mì 私 密	——	shǐ mìng 使 命
zhàng hù 帳 戶	——	zhǎn huò 斬 獲
zūn guì 尊 貴	——	zhuān guì 專 櫃
dǐ yā 抵 押	——	dī yā 低 壓

四、普通話詞彙及知識點

1. 廣東話的「閉翳」，普通話應說成「發愁」。

　　例如：（廣東話）唔使咁閉翳，搵私人銀行幫你手啦！

　　　　　（普通話）不用發愁，找私人銀行幫你忙吧！

2. 廣東話的「擘大口」，普通話應說成「張大嘴」。

　　例如：（廣東話）你唔使擘大口，我哋私人銀行嘅門檻已
　　　　　經提升至二千萬港幣。

　　　　　（普通話）你不用張大嘴，我們私人銀行的門檻已
　　　　　經提升到兩千萬港幣。

3. 英語的「give me five」，普通話應說成「擊掌」。
   例如：（廣東話）我哋幫你搞掂啦，give me five！
   　　　（普通話）我們幫你搞定了，擊掌！

4. 廣東話的「錫」，普通話應說成「疼愛」。
   例如：（廣東話）媽媽錫晒你。
   　　　（普通話）媽媽疼愛你。

5. 廣東話的「套現」，普通話應說成「提現」。
   例如：（廣東話）您可以隨時套現。
   　　　（普通話）您可以隨時提現。

五、小笑話　🎧 09-05.mp3

乙： 你怎麼了？
甲： 我「生蛇」了。
乙： 甚麼？你生了一條小蛇？
甲： 不是，我是說我病了，你看看這裏。
乙： 噢，原來你得了轉腰龍，快去看醫生吧。
甲： 好。

六、聽錄音　朗讀句子　🎧 09-06.mp3

1. 非永久居民現在在香港開戶太難了。
2. 你知道嗎？各家主要銀行都取消了最低存款服務費。

3. 私人銀行的準入門檻一年比一年高。
4. 高淨值客戶是每家銀行都搶着要的。
5. 在香港設立私人銀行，理財空間要大得多。
6. 無論資金存在哪兒，安全總是最重要的。
7. 今年業務能不能達標，就看這幾個大單了。
8. 虛擬銀行會越來越受歡迎，這是不可避免的事。
9. 大家都是打工而已，誰有那麼大一筆閒錢放在銀行。
10. 您太謙虛了！全香港有誰不知道你們銀行？

七、請回答下列問題

1. 你開戶的銀行有「私人銀行」服務嗎？
2. 現在為甚麼在銀行開戶越來越難？
3. 當你累積了一定的財富，你會優先選擇置業還是理財？
4. 香港的銀行在銷售理財產品方面，有哪些優勢？
5. 通常高淨值人士的資產存放地都不在本地，他們會選擇哪些國家？
6. 你覺得投資貨幣是一個好的選擇嗎？
7. 按課文裏的介紹，你最看重「私人銀行」的哪項服務？
8. 你覺得虛擬金融未來會衝擊傳統銀行業務嗎？
9. 你了解「離岸銀行」嗎？
10. 有一種說法：為了維持形象，銀行就算虧本也要保障「私人銀行」客戶的收益。你同意嗎？

八、延伸閱讀

私人銀行業務的特徵

1. 準入門檻高

　　私人銀行業務是專門面向高端客戶進行的一項業務，為高資產淨值的客戶提供個人財產投資與管理等綜合性服務，由於該項業務並沒有統一規定，各商業銀行對高資產淨值客戶的劃分標準不同。但總體來說，私人銀行客戶是個人業務中面向最高端客戶提供的全方位服務，因此準入門檻高。

2. 綜合化服務

　　對客戶而言，私人銀行服務最主要的是資產管理，規劃投資，根據客戶需要提供特殊服務。商業銀行也可通過設立離岸公司、家族信託基金等方式為客戶節省稅務和金融交易成本。因此，私人銀行服務往往結合了信託、投資、銀行、稅務諮詢等多種金融服務。該種服務的年均利潤率要高於其他金融服務。

3. 重視客戶關係

　　對商業銀行來說，與其他業務人員相比，私人銀行業務人員更加注重客戶關係管理、私人銀行家的重要職能就是資產管理和客戶關單管理，因此有人形象地用「資產管理＋客戶關單管理＝私人銀行家」這個公式表達客戶關係在私人銀行業務中的重要性。可以說，私人銀行業務更加強調業務人員與客戶之間的信任關係。

財富管理（走進私人銀行）

　　私人銀行業務在中國起步較晚，近幾年才得到長足的發展。該項業務起初是由外資銀行在內地開展，隨後國內銀行開始迅速發展起來。2005 年 9 月，國際集團旗下的瑞士友邦銀行首先獲得中國銀監會批准，在中國境內設立私人銀行代表處。隨後，國際著名私人銀行瑞士銀行在上海設立代表處。2006 年，歐洲愛德蒙得洛希爾家族銀行集團的法國公司愛德蒙得洛希爾銀行在上海的代表處成立開業。同年，花旗銀行、法國巴黎銀行和德意志銀行在滬高調推出私人銀行服務。

　　與此同時，國內銀行的個人理財業務也在如火如荼地開展着，並爭相步入私人銀行業務的實踐中。2007 年 3 月，中國銀行首開私人銀行業務，門檻為 100 萬美元。隨後，渣打銀行宣佈私人銀行在華開業。2007 年末，開展私人銀行業務的還有花旗銀行、巴黎私人銀行、德意志銀行、招商銀行、中信銀行等。

　　2008 年以來，中資銀行佈局私人銀行市場明顯提速。2 月下旬，交通銀行設立私人銀行管理中心開始涉足私人銀行業務；3 月 27 日，中國工商銀行在上海啟動私人銀行業務；3 月 28 日，中國銀行宣佈將私人銀行業務延伸至澳門。此外，光大銀行、民生銀行等也陸續推出這項業務。種種跡象表明，私人銀行業務的競爭將更趨激烈。隨着國內居民家庭財富的積累，特別是高收入群體的不斷發展壯大，私人銀行業務必將成為中外銀行爭奪的焦點，國內私人銀行業務會迅速發展。

資料來源：https://wiki.mbalib.com/zh-tw/ 私人銀行

廣告宣傳

》背景 《

廣告宣傳是指廣告客戶借助廣告經營者的策略、手段，通過一定的媒體或形式向公眾宣傳、傳播廣告資訊的活動。商品廣告的重點在於宣傳、介紹商品的功能、品質，引導消費者的消費。廣告主要是通過廣播、電視、報刊、網絡等各種媒體進行的。張女士是某房地產公司的廣告部主任，該公司打算推出以中小型戶型為主的新樓盤；現在，張女士正在和團隊討論該如何進行廣告宣傳，以便更有效、更精準地吸引潛在客戶的眼球。

》對話 《

10-00.mp3

zhāng zhǔ rèn
張 主任：

wǒ men zhè cì tuī chū de lóu pán de mù biāo kè hù
我們這次推出的樓盤的目標客戶

qún zhǔ yào shì shōu rù jiào gāo de gāo jí bái lǐng
群主要是收入較高的高級白領，

huò zhě shì bǐ jiào xǐ huan dà zì rán de rén shì yǐ
或者是比較喜歡大自然的人士，以

jí yǒu xiǎo péng yǒu de jiā tíng bù zhī dao dà jiā
及有小朋友的家庭。不知道大家

guān yú guǎng gào chuàng yì fāng miàn yǒu shén me
關於廣告創意方面有甚麼

jiàn yì
建議？

xiǎo wáng
小王：

wǒ rèn wéi wǒ men de guǎng gào xuān chuán kě yǐ
我認為我們的廣告宣傳可以

jiāng dà hǎi zuò wéi bèi jǐng shǒu xiān zhè ge lóu
將大海作為背景。首先，這個樓

盤的大部分戶型都享有海景，其次，大海給人放鬆以及自由的感覺，這也與我們的主題十分貼近。

小李：我也同意以大海為背景，然後可以選擇一對中年父母牽着小朋友們，光着腳，在海邊漫步，背景是藍天、白雲和大海，給人一種「享受生活」的感覺。

小趙：對，這樣會讓人有一種「度假」的感覺，遠離城市的喧囂，享受大自然的寧靜，在這個熙攘的社會中非常難得。

張主任：大家的建議都不錯，那關於色彩方面，大家有甚麼想法？

小趙：我認為背景可以採用黑白色，這樣

gěi rén yì zhǒng làng màn huái jiù de gǎn jué zhè yě
給人一種浪漫懷舊的感覺。這也

fú hé wǒ men shì chǎng dìng wèi de xiāo fèi rén qún
符合我們市場定位的消費人群

de tè diǎn xiàn dài shè huì shēng huó zài dà dū shì
的特點。現代社會生活在大都市

li de rén men shēng huó yā lì hěn dà yīn cǐ wǒ
裏的人們，生活壓力很大，因此我

men kě yǐ yòng làng màn qīng sōng yǐ
們可以用「浪漫」、「輕鬆」以

jí dà zì rán lái xī yǐn kè hù yǎn qiú
及「大自然」來吸引客戶眼球。

zhāng zhǔ rèn ng bú cuò dà jiā de guǎng gào chuàng yì hěn hǎo
張　主任：　嗯，不錯，大家的廣告創意很好，

nà jiù àn zhè ge wén àn zhí xíng dà jiā yù dào rèn
那就按這個文案執行，大家遇到任

hé wèn tí zài suí shí hù tōng yǒu wú xiè xie dà jiā
何問題再隨時互通有無，謝謝大家。

一、語文知識：普通話的量詞與名詞搭配（一）

粵語中有些量詞和名詞的搭配與普通話很不相同，也是學習
者的難點之一。本課將列舉一些日常生活中較為常用的搭配：

1. 把（**bǎ**）：刀；槍（支）；傘（頂）；鎖；鑰匙；尺子；
椅子；扇子；茶壺；提琴。

2. 本（**běn**）：書（部、套）；賬；字典（部）；雜誌（份）。

3. 部（bù）：電影（場）；電視劇；電話機；攝像機（台、架）；汽車（輛、台）；書（本、套）；著作（本）。

4. **場**（chǎng）：電影（部）；演出（台）；話劇（台）；節目（台、套）；比賽（項）；考試（門）。

5. 道（dào）：河（條）；山（座）；瀑布（條）；閃電；傷痕；命令；試題（份、套）；菜（份）；門（扇）；牆（面）。

6. 對（duì）：夫妻；舞伴；耳朵（雙、隻）；眼睛（雙、隻）；枕頭；球拍（副、隻）；翅膀（隻、副）。

7. 份（fèn）：午餐；報紙（張）；雜誌（本）；文件；禮物（件）；工作（項）；試題（道、套）；菜（道）。

8. 幅（fú）：布（塊、匹）；彩旗（面）；圖畫（張）；相片（張）。

9. 副（fù）：對聯；手套（雙、隻）；眼鏡；球拍（對、隻）；臉（張）；撲克牌（張）；圍棋；擔架。

10. 根（gēn）：草（棵）；葱（棵）；藕（節）；甘蔗（節）；鬍鬚；頭髮；香蕉；竹竿；針；香（支、盤）；筷子（雙、支）；電線；繩子（條）；項鍊（條）；辮子（條）；蠟燭（支）。

二、語文練習

1. 請搭配下列普通話的名詞和量詞:

把　本　部　場　道　對　份　幅　副　根

蠟燭　圖畫　絲綢　禮物　伴侶　牆　音樂會　影片　小說　雨傘

2. 請給下列短語填上適當的量詞:
一（　　）牛排　　一（　　）象棋　　一（　　）球鞋
一（　　）報紙　　一（　　）試題　　一（　　）照片

三、容易讀錯的詞和字　🎧 10-03.mp3

lóu pán 樓盤	——	liú pāi 流拍
kè hù 客戶	——	kùn huò 困惑
guǎng gào 廣告	——	gāng hǎo 剛好
fàng sōng 放鬆	——	fáng fēng 防風
gǎn jué 感覺	——	gān jié 乾結
dù jià 度假	——	dú jiā 獨家

<table>
<tr><td>xuān xiāo
喧 囂</td><td>──</td><td>shàn xiào
訕 笑</td></tr>
<tr><td>níng jìng
寧 靜</td><td>──</td><td>níng jù
凝 聚</td></tr>
<tr><td>làng màn
浪 漫</td><td>──</td><td>làn màn
爛 漫</td></tr>
<tr><td>yǎn qiú
眼 球</td><td>──</td><td>yuán qiú
圓 球</td></tr>
</table>

四、普通話詞彙及知識點

1. 廣東話的「鬆人」，普通話應説成「（溜）走」。
   例如：（廣東話）都放工啦，你仲唔鬆人？
   　　　（普通話）都下班了，你還不快走？

2. 廣東話的「喊」，普通話應説成「哭」。
   例如：（廣東話）你做咩喊？
   　　　（普通話）你為甚麼哭？

3. 廣東話的「情願」，普通話應説成「寧願」。
   例如：（廣東話）如果我有錢，情願去旅行。
   　　　（普通話）如果我有錢，寧願去旅行。

4. 廣東話的「巴閉」，普通話應説成「厲害」。
   例如：（廣東話）呢個廣告好巴閉。
   　　　（普通話）這個廣告很厲害。

5. 廣東話的「噓」，普通話應説成「喝倒彩、起哄」。

　　例如：（廣東話）陣間嘅宣傳活動，你去講啦。我怕被人噓。

　　　　　（普通話）一會兒的宣傳活動，你去講吧。我怕被
　　　　　人喝倒彩。

五、小笑話　🎙 10-05.mp3

乙：　你去哪兒？

甲：　我去打高鐵。

乙：　甚麼？你為甚麼要打高鐵？

甲：　不是，我是説我現在去西九龍高鐵站。

乙：　噢，原來你是去坐高鐵。

甲：　對。

六、聽錄音　朗讀句子　🎙 10-06.mp3

1. 客戶又給我們提反饋意見了，小李你看看怎麼改進。
2. 現在人人都看手機，傳統紙媒的宣傳效果大不如前了。
3. 一提起廣告公司，大家總是先想到奧美。
4. 做這一行就得忍受黑白顛倒，你要想清楚啊！
5. 新樓盤馬上就進入宣傳期了，方案做得怎麼樣了？
6. 除了視覺效果以外，口號也要很響亮！
7. 這個節目在內地很火，每年廣告費都不知道要掙多少。
8. 只要能吸引眼球，媒體一直都是怎麼誇張怎麼寫。
9. 咱們推廣這一塊的支出這麼高，錢都用在哪兒了？
10. 可口可樂的每一款廣告都結合了當地文化，難怪全球大賣。

七、請回答下列問題

1. 你覺得目前最有效的廣告媒介是甚麼？
2. 全民電子化的背景下，傳統紙媒還有生存空間嗎？
3. 課文中的廣告創意，你認為能幫助樓盤營造品牌形象嗎？
4. 你覺得誇大宣傳是可以接受的商業行為嗎？
5. 你或你所在的機構成為過廣告公司的「甲方」嗎？請介紹一下。
6. 請你說說甚麼是「植入廣告」。
7. 請說說廣告是怎麼影響你的消費習慣的。
8. 假設你要購買房產，會被樓盤的廣告吸引嗎？
9. 哪些商品你認為是不應允許廣告宣傳的？
10. 香港的主流媒體有哪些？你知道嗎？

八、延伸閱讀

廣告宣傳策略的類型

　　企業可採用的廣告宣傳策略，主要有內部定位策略、外部定位策略等。

1. 內部定位策略

　　即為使本企業產品在同類產品市場佔有一個適當的位置，而在廣告宣傳內容上着重宣傳本企業產品不同於其他同類產品的某一特性。比如，生產自行車產品的企業，了解到市場上的同類產品都不具有自動變速功能，而本企業的產品卻具有這一功能；以此作為廣告的重點內容進行宣傳推廣，就很

容易確定本企業產品在市場競爭中的優勢地位，引起廣大顧客的注意，增加產品的市場銷售。

2. 外部定位策略

即為使本企業的產品在同類產品市場處於特定的位置，而在廣告宣傳上着重宣傳本企業產品不同於其他產品的一定檔次。如生產電視機產品的企業，可在廣告中宣傳電視機產品是由進口原件組裝的；生產服裝的企業，可在廣告中宣傳其服裝是毛料製作的；這樣能夠將本企業的產品同市場上的其他產品分成不同的檔次，使本企業的產品凌駕於競爭對手的產品之上，以吸引顧客購買。

資料來源：https://wiki.mbalib.com/zh-tw/ 廣告宣傳策略

市場調查

———— ≫ 背景 ≪ ————

市場調查就是指運用科學的方法，有目的地、系統地搜集、記錄、整理有關市場行銷資訊和資料，分析市場情況，了解市場的現狀及其發展趨勢，為市場預測和行銷決策提供客觀的、正確的資料。市場調查的內容很多，有市場環境調查、市場基本狀況的調查、銷售可能性調查，還可對消費者及消費需求、企業產品、產品價格等開展調查。

張明是一家保險公司的總經理，公司打算就市民對保險業的認知、預算以及建議等方面做一次市場調查。市場營銷部的小李將負責這次的市場調查。

———— ≫ 對話 ≪ ———— 11-00.mp3

zhāng jīng lǐ
張　經　理：

xiǎo lǐ　　zhè cì guān yú wǒ men zuì xīn de bǎo xiǎn
小李，這次關於我們最新的保險

jì huà de shì chǎng diào chá　gōng zuò jìn xíng de
計劃的市場調查，工作進行得

zěn me yàng le
怎麼樣了？

xiǎo lǐ
小　李：

jīng lǐ nín hǎo　xiàng nín huì bào yí xià　cǐ cì de
經理，您好！向您彙報一下，此次的

shì chǎng diào chá wǒ men de yù suàn shì　wàn yuán
市場調查，我們的預算是10萬元

gǎng bì　zhǔ yào shì yǐ chāo shì lǐ quàn de xíng shì
港幣，主要是以超市禮券的形式

zuò wéi lǐ wù sòng gěi shòu fǎng zhě　diào chá de
作為禮物送給受訪者。調查的

方式主要有個人訪問、電話訪問以及郵寄調查三種。

張經理：嗯，那調查的對象主要是哪類人呢？

小李：此次市場調查的對象主要是月收入在2萬到8萬之間的人群，選擇這類人群的主要原因是他們的消費水準以及負擔能力相對較高，而且這部分人群裏，成立家庭的人也相對較多，對保險的需求可能也會比較高。關於其他人群的市場調查我們會在之後陸續完成。

張經理：好的，那麼關於目標人群的聯繫方式，你們會如何取得呢？

小李：我們打算在各大超市派工作人員進行推廣。只要有人願意填寫問卷以及完成簡單的個人訪問，就會即時獲得超市購物券。之後我們再進行篩選，然後再針對目標人群，進行電話訪問以及郵寄問卷。

張經理：嗯，聽起來不錯，那麼就按你說的辦吧，要特別注意的是受訪者的資訊安全，一定要簽署保密協議，保護好受訪者的隱私。

小李：好的，明白。

一、語文知識：普通話的量詞與名詞搭配（二）

本課將繼續介紹一些日常生活中較為常用並且容易用錯的搭配：

1. **家（jiā）**：公司；飯館；商店；人家（戶）；醫院（所）；銀行（所）；工廠（座）；親戚（門）。

2. **間（jiān）**：屋子；房子（所、套、座）；臥室；辦公室；倉庫。

3. **件（jiàn）**：禮物（份）；行李；衣服（套）；家俱（套）；事（份）；公文；西裝（套）；工作（項）。

4. **塊（kuài）**：糖（顆）；石頭；磚；肥皂（條）；手錶（隻）；肉（片）；蛋糕；餅（張）；布（幅、匹）；手絹（條）；地（片）。

5. **雙（shuāng）**：手（隻）；鞋（隻）；襪子（隻）；腳（隻）；耳朵（對、隻）；眼睛（對、隻）；手套（副、隻）；筷子（根、隻）；翅膀（對、隻）。

6. **台（tái）**：汽車（部、輛）；電腦；鋼琴（架）；攝像機（部、架）；電視機；演出（場）；話劇（場）；雜技（場）；節目（場、套）。

7. **條（tiáo）**：繩子（根）；項鍊（根）；褲子；毛巾；手絹（塊）；船（隻）；魚；蛇；驢（頭、隻）；牛（頭、隻）；黃瓜（根）；河（道）；山脈（道）；傷痕（道）；命令（道、項）。

8. **套**（tào）：餐具；衣服（件）；書（本、部）；試題（道）；
郵票（張）；房子（間、所、座）；沙發（對）；節目（場、
台）；試題（道）。

9. **隻**（zhī）：鳥；雞；鴨；老鼠；兔子；老虎；蒼蠅；蚊子；
蝴蝶；蜻蜓；船（條）；手錶（塊）；腳（雙）；手（雙）；
耳朵（雙、對）；眼睛（雙、對）；球拍（對、副）；手套（副、
雙）；杯子。

10. **支**（zhī）：筆；槍（把）；歌（首）；筷子（雙）；香（根）；
軍隊。

二、語文練習

1. 請搭配下列普通話的名詞和量詞：

　家　　間　　件　　塊　　雙　　台　　條　　套　　隻　　支

　遊艇　毛筆　禮服　小河　冰箱　翅膀　糖　　襯衣　酒店　教室

2. 請給下列短語填上適當的量詞：
一（　　）蜻蜓　　　一（　　）手槍
一（　　）餐具　　　一（　　）演出
一（　　）浴巾　　　一（　　）皮鞋

三、容易讀錯的詞和字 🎧 11-03.mp3

jì huà 計 劃	qì huà 氣 化
huì bào 彙 報	huí bào 回 報
xuǎn zé 選 擇	xùn zé 訓 責
fù dān 負 擔	hǔ dǎn 虎 膽
lù xù 陸 續	lǔ xùn 魯 迅
yǐn sī 隱 私	yǎn shì 掩 飾
shāi xuǎn 篩 選	shuài xiān 率 先
chāo shì 超 市	cháo shī 潮 濕
tián xiě 填 寫	tàn xiǎn 探 險
gòu wù 購 物	jiù wù 舊 物

四、普通話詞彙及知識點

1. 廣東話的「揞住口」，普通話應説成「捂着嘴」。

例如：（廣東話）好大煙啊，快啲揞住口。

（普通話）煙好大啊，快點兒捂着嘴。

2. 廣東話的「眈」，普通話應説成「目不轉睛地看着」。
   例如：（廣東話）喂，你眈咩呀？
   　　　　（普通話）喂，你看甚麼呢？

3. 廣東話的「甩皮」，普通話應説成「脱皮」。
   例如：（廣東話）你隻手點解甩晒皮？
   　　　　（普通話）你的手為甚麼脱皮脱得那麼厲害？

4. 廣東話的「吹脹」，普通話應説成「氣壞」。
   例如：（廣東話）呢個宣傳計劃又唔得了，真被老闆吹脹。
   　　　　（普通話）這個宣傳計劃又不行了，真給老闆氣壞。

5. 廣東話的「揹鑊」，普通話應説成「背黑鍋」。
   例如：（廣東話）你哋宣傳做得不好，又要我哋嚟揹鑊。
   　　　　（普通話）你們宣傳做得不好，又讓我們來背這個
   黑鍋。

五、小笑話 🎧 11-05.mp3

甲： 你今年賺了好多錢吧？

乙： 哪裏，沒多少。

甲： 你又「扮嘢」沒賺錢。

乙： 甚麼？我不用半夜起床賺錢。

甲： 不是，我是説你明明賺了錢，可是老説沒賺錢。

乙： 噢！原來你是説我裝蒜。

甲： 對。

六、聽錄音　朗讀句子 11-06.mp3

1. 大家都是網上操作，誰還在街頭一個個收問卷啊？
2. 有的調查結果非常有價值，有的卻一點用都沒有。
3. 華為開拓海外市場前，肯定進行過大規模的市場調查。
4. 這次調研的主要任務是篩選目標客戶群。
5. 由於人們越來越注重隱私，處理個人訊息也要越來越小心。
6. 麻煩您幫我在這份資料收集聲明上簽字。
7. 做電話訪問的時候，一定要注意禮貌和耐心！
8. 問卷收集回來之後，整理和分析數據才是最頭疼的。
9. 真調查下來，才發現跟我們預想的狀況差別挺大的。
10. 通過調查，我們預測今年香港奢侈品的消費會大幅降低。

七、請回答下列問題

1. 你做過市場調查嗎？使用的是甚麼形式？
2. 你覺得街頭問卷、電話、網絡問卷等等，哪一種形式最有效？
3. 市場調查最主要的目的是甚麼？
4. 調查數據的偏差最有可能受哪些因素影響？
5. 課文中提到的保險產品市調，應收集哪些被調查者的訊息？
6. 你擔心參與市場調查或類似問卷會洩露隱私嗎？
7. 虛擬預測與實地市場調查，各有甚麼優缺點？
8. 假設你在做一項電話調查，應如何避免被當成「詐騙」？
9. 你會如何看一份調查報告？
10. 請設計一份奢侈品行業的市場調查問卷。

八、延伸閱讀

市場調查原始數據收集方法

1. 觀察法

　　分為直接觀察和實際痕跡測量兩種方法。

　　所謂直接觀察法，指調查者在調查現場有目的，有計劃，有系統地對調查對象的行為、言辭、表情進行觀察記錄，以取得第一手資料，它最大的特點是在自然條件下進行，所得材料真實生動，但也會因為所觀察的對象的特殊性而使觀察結果流於片面；實際痕跡測量是通過某一事件留下的實際痕跡來觀察調查，一般用於對用戶的流量，廣告的效果等的調查。例如，企業在幾種報紙、雜誌上做廣告時，在廣告下面附有一張表格或條子，請讀者閱後剪下，分別寄回企業有關部門，企業從回收的表格中可以了解哪種報紙雜誌上刊登廣告最為有效，為今後選擇廣告媒介和測定廣告效果提出可靠資料。

2. 詢問法

　　詢問法是將所要調查的事項以當面、書面或電話的方式，向被調查者提出詢問，以獲得所需要的資料，它是市場調查中最常見的一種方法，可分為面談調查，電話調查，郵寄調查，留置詢問表調查四種，它們有各自的優缺點，面談調查能直接聽取對方意見，富有靈活性，但成本較高，結果容易受調查人員技術水平的影響。郵寄調查速度快，成本低，但回收率低。電話調查速度快，成本最低，但只限於在有電話

的用戶中調查，整體性不高。留置詢問表可以彌補以上缺點，由調查人員當面交給被調查人員問卷，説明方法，由其自行填寫，再由調查人員定期收回。

3. 實驗法

它通常用來調查某種因素對市場銷售量的影響，這種方法是在一定條件下進行小規模實驗，然後對實際結果作出分析，研究是否值得推廣。它的應用範圍很廣，凡是某一商品在改變品種、品質、包裝、設計、價格、廣告、陳列方法等因素時都可以應用這種方法，調查用戶的反應。

資料來源：https://wiki.mbalib.com/zh-tw/ 市場調查

招聘高管

背景

企業高管是企業運營的核心人物，是完成董事會目標的執行者。一個優秀的高層管理者，不僅要有出色的業務能力，而且需要具備一定的財務水準。懂得施展財務管理的魅力，透過數字管理企業，才能稱得上是一位具有現代管理水準的職業經理人。

李麗莉是某跨國能源公司的總裁，目前該跨國公司打算將總部搬來香港，因此，公司面向全球招聘香港區的運營總監。經過獵頭公司的推薦，王女士各方面的條件都比較符合要求。現在，總裁李麗莉將與王女士見面，進行最後一輪的面試。

對話

12-00.mp3

lǐ zǒng
李　總：
wáng nǚ shì　nín hǎo xìng huì
王　女士，您好，幸會！

wáng nǚ shì
王　女士：
zǒng cái nín hǎo　jiǔ yǎng dà míng　hěn róng xìng
總裁您好，久仰大名，很榮幸
jiàn dào nín
見到您。

lǐ zǒng
李　總：
nín tài kè qi le　lái　qǐng zuò　qǐng wèn nín yào
您太客氣了，來，請坐，請問您要
hē diǎn shén me ma
喝點甚麼嗎？

wáng nǚ shì
王　女士：
xiè xie　bú yòng má fan le　wǒ hē shuǐ jiù hǎo le
謝謝，不用麻煩了，我喝水就好了。

lǐ zǒng
李　總：
wǒ hěn zǎo jiù tīng shuō wáng nǚ shì shì yè jiè xiǎng
我很早就聽說王女士是業界響

dāng dāng de rén wù　jīn rì yí jiàn　　guǒ zhēn shì
噹　噹的人物，今日一見，果真是

míng bù xū chuán ya
名　不虛　傳　呀。

wáng nǚ shì：āi yā　lǐ zǒng jiàn xiào lā　zhēn shi bù gǎn dāng
王　女士：哎呀，李　總　見　笑　啦！真　是　不　敢　當

yā
呀！

lǐ zǒng：wáng nǚ shì de xiāo shòu yè jì zài háng nèi yǒu mù gòng
李　總：王　女士的銷　售　業績在　行　內有目共

dǔ　huī huáng de hěn a　suǒ yǐ wǒ jīn tiān fēi cháng
睹，輝　煌　得很啊，所以我今天非　常

gāo xìng néng jiàn dào nín　wǒ men gōng sī zǒng bù
高　興　能　見　到　您，我　們　公　司總　部

zhī qián yì zhí shè yú ōu zhōu　yǐ qián suī rán zài yà
之　前一直設於歐　洲，以前雖然在亞

zhōu yě yǒu xiāng guān yè wù　dàn bì jìng bú shi zhǔ
洲也有相　關業務，但畢竟不是主

chǎng　rú jīn yóu yú yà zhōu jīng jì de xùn měng fā
場　，如今由於亞　洲經　濟的迅　猛　發

zhǎn　jí tuán shí fēn kàn hǎo zhè kuài shì chǎng　dǎ
展　，集　團十分看好這塊市　場　，打

suan jiāng zǒng bù qiān lái xiāng gǎng　zhǔ lì kāi tuò
算　將　總　部遷來香　港，主力開拓

bìng fā zhǎn yà zhōu fāng miàn de yè wù
並發展亞　洲方　面的業務。

wáng nǚ shì：duì ya　yà zhōu de néng yuán shì chǎng què shí kě
王　女士：對呀，亞　洲的能　源市　場　確實可

guān　fā zhǎn qián jǐng hěn hǎo
觀　，發展　前景　很好。

lǐ zǒng：shì a　yīn cǐ　wǒ men xū yào yí wèi xiàng nín zhè
李　總：是啊，因此，我　們　需要一位像您這

樣 在 亞 洲 市 場 既 有 銷 售 經 驗，
yàng zài yà zhōu shì chǎng jì yǒu xiāo shòu jīng yàn

又 有 管 理 經 驗 的 專 業 人 士 來 幫
yòu yǒu guǎn lǐ jīng yàn de zhuān yè rén shì lái bāng

助 集 團 運 營 香 港 總 部。您 有 任 何
zhù jí tuán yùn yíng xiāng gǎng zǒng bù nín yǒu rèn hé

的 要 求 都 儘 管 提 出 來，我 們 公 司 非
de yāo qiú dōu jǐn guǎn tí chu lai wǒ men gōng sī fēi

常 注 重 人 才，為 了 尋 找 優 秀 的 人
cháng zhù zhòng rén cái wèi le xún zhǎo yōu xiù de rén

才，我 們 願 意 不 惜 一 切 代 價。
cái wǒ men yuàn yì bù xī yí qiè dài jià

王 女 士： 李 總 您 太 謙 虛 了，貴 公 司 在 業 界 也
wáng nǚ shì lǐ zǒng nín tài qiān xū le guì gōng sī zài yè jiè yě

是 數 一 數 二 的 龍 頭 企 業， 能 夠 加 入
shì shǔ yi shǔ èr de lóng tóu qǐ yè néng gòu jiā rù

貴 公 司 也 是 我 極 大 的 榮 幸， 關 於 待
guì gōng sī yě shì wǒ jí dà de róng xìng guān yú dài

遇 方 面 ， 我 們 就 按 合 同 辦，我 沒
yù fāng miàn wǒ men jiù àn hé tong bàn wǒ méi

有 任 何 意 見 。
yǒu rèn hé yì jiàn

李 總 ： 那 太 好 了，熱 烈 歡 迎 您 的 加 入。
lǐ zǒng nà tài hǎo le rè liè huān yíng nín de jiā rù

王 女 士： 謝 謝 您，以 後 請 多 多 關 照 。
wáng nǚ shì xiè xie nín yǐ hòu qǐng duō duō guān zhào

一、語文知識：常用多音多義字舉例

普通話中有些漢字有兩個以上的讀音，只要聲母、韻母、聲

調有一項不同，就是多音字。大多數情況下，漢字的讀音不同，字義也不同。本課將列舉一些常用的多音多義字並分類加以識別：

1. 聲母相同，但韻母不同，聲調也不一定相同。例如：
   「得」有三個讀音：
   （1）得 dé
   　　　得到　得分　得病　得當　得罪
   （2）得 děi 表示必須和一定的意思：
   　　　時間到了，我得去上班了。
   （3）得 de 助動詞，常用來引導補語：
   　　　做得到　走得慢　吃得完

2. 韻母相同，但聲母不同，聲調也不一定相同。例如：
   「調」有兩個讀音：
   （1）調 diào　　聲調　調查　調動
   （2）調 tiáo　　調解　調和　調理

3. 聲母和韻母都相同，只有聲調不同。例如：
   「為」有兩個讀音：
   （1）為 wéi　　作為　為人　為難　無為
   （2）為 wèi　　為了　因為　為甚麼

4. 聲母和韻母都不同，甚至聲調也不一定相同。例如：
   「省」有兩個讀音：
   （1）省 shěng　　省會　省略　節省
   （2）省 xǐng　　反省　省悟　省親

二、語文練習：請給下列詞語寫上拼音，注意多音字的讀音

(1) 投降（　　　）　　降落（　　　）

(2) 寶藏（　　　）　　隱藏（　　　）

(3) 皇冠（　　　）　　冠軍（　　　）

(4) 快樂（　　　）　　音樂（　　　）

(5) 積累（　　　）　　勞累（　　　）

(6) 假話（　　　）　　暑假（　　　）

(7) 睡覺（　　　）　　自覺（　　　）

(8) 安寧（　　　）　　寧願（　　　）

(9) 勁敵（　　　）　　使勁（　　　）

(10) 膠卷（　　　）　　試卷（　　　）

(11) 學校（　　　）　　校對（　　　）

(12) 倒閉（　　　）　　倒退（　　　）

三、容易讀錯的詞和字　　12-03.mp3

xìng huì 幸 會	——	xīn guì 新 貴
zǒng cái 總 裁	——	zhòng cái 仲 裁
róng xìng 榮 幸	——	róng yù 榮 譽
rén wù 人 物	——	rèn wu 任 務

xiāo shòu 銷 售	——	xiū shū 修 書
yè jì 業 績	——	yě jī 野 雞
bì jìng 畢 竟	——	běi jīng 北 京
xùn měng 迅 猛	——	xù mù 畜 牧
jí tuán 集 團	——	jì tán 祭 壇
guān zhào 關 照	——	huán zhàng 還 帳

四、普通話詞彙及知識點

1. 廣東話的「蘇州過後無艇搭」，普通話應説成「過了這個村，沒這個店」。

　　例如：（廣東話）好好把握今次嘅機會，如果唔係就蘇州過後無艇搭。

　　　　　（普通話）好好把握這次機會，要不然過了這個村，就沒這個店。

2. 廣東話的「火滾」，普通話應説成「氣不打一處來」。

　　例如：（廣東話）見到佢我就火滾！

　　　　　（普通話）看見他我就氣不打一處來。

3. 廣東話的「增值」，普通話應説成「充值」。
例如：（廣東話）請問係邊度增值？
（普通話）請問在哪兒充值？

4. 廣東話的「頭暈身㷫」，普通話應説成「頭疼腦熱」。
例如：（廣東話）萬一我頭暈身㷫，去邊度睇醫生。
（普通話）萬一我頭疼腦熱，去哪裏看醫生。

5. 廣東話的「橫掂」，普通話應説成「反正」。
例如：（廣東話）橫掂我都想移民，不如試試新加坡呢個
高管職位。
（普通話）反正我也想移民，不如試試新加坡這個
高管職位。

五、小笑話　🎧 12-05.mp3

甲：　怎麼你好像「無尾飛陀」似的。
乙：　甚麼？我是人，不是狐狸，本來就沒有尾巴。
甲：　我不是説你有尾巴，我是説你不靠譜。你看看都幾點
了。
乙：　噢，原來你是説我吊兒郎當的，工作不認真。
甲：　對。
乙：　對不起，我以後會改的。

六、聽錄音　朗讀句子 12-06.mp3

1. 跨國企業的管理人才是稀缺資源，多少雙眼睛盯着呢。
2. 你在這個行業打拼了這麼多年，一回來還不人人都搶着要？
3. 我們行政總裁的位子空了很長時間了。
4. 您之前在那麼大的平台高就，怎麼看上了我們這樣的小公司呢？
5. 只要能挖到人才，待遇方面不是問題！
6. 昨天高層的人事變動你聽説了嗎？感覺要來一場大洗牌了。
7. 聘請高管跟一般職員可不一樣，基本都得通過獵頭公司完成。
8. 企業為了縮減開支，連高管都裁掉了不少。
9. 我們覺得各方面都很合適，那就靜候您的佳音了。
10. 完成這次跳槽後，他的身價翻了一倍！

七、請回答下列問題

1. 你了解公司高層管理人員的架構嗎？
2. 你了解獵頭公司嗎？
3. 為甚麼招聘高管通常都要經過獵頭公司？
4. 你覺得公司在面試高管時，會提出哪些問題？
5. 你覺得成為一個優秀的高管應該具備甚麼特質？
6. 頻繁跳槽會影響一個人的競爭力嗎？
7. 你會主動向老闆要求提高待遇嗎？

8. 一個行政總裁應該在公司扮演甚麼樣的角色？
9. 你有沒有應聘失敗的經驗？請説一説。
10. 你有沒有參與招聘的經驗？請説一説。

八、延伸閱讀

謙遜領導力：MBA 學員的一門新課

在很多年裏，依賴確定性、決斷力和職位權力的官僚主義領導方式曾經佔上風。上世紀 70 和 80 年代的許多 MBA 課程甚至鼓吹這種做法。

但是，未來的領導者——以及今天的 MBA 學員——必須學習一些新東西：領導者如何利用自己的職位來策劃和促進思想的流動，激發員工的好奇心。

這一點——而不是權威或等級制度——將有助於創造一種對實驗的興趣，打造一支準備嘗試新事物的員工隊伍。

這是與過去的告別。正如我在《活在工作中》（Alive at Work）一書中所解釋的那樣，如今的領導者已經不再能夠告訴別人該怎麼做了。相反，他們需要在第一線工作的員工的幫助，讓他們提供有關日常活動的洞見。領導者幫助設定願景和方向，而員工實驗並摸索出實用的新方法，使組織更好地工作。

因此，為了獲得真正的領導力，領導者需要傾聽，給別人一個機會，讓他們在不必擔心遭到報復的情況下，去探索、實驗和改進事情。

這適用於小團隊、大部門和整個組織的層面，因此 MBA 畢業生可以從小處做起，摸索出服務於從事第一線工作的員工的風格，並在自己進步的過程中不斷磨練技能。

依靠職位權力和等級制度來完成工作，會導致焦慮和較低的心理安全水平（即人們在何種程度上覺得自己可以在不擔心遭到指責的情況下冒險）。這會迅速扼殺員工進行實驗和學習的自然動力。傲慢的 MBA 畢業生那種自上而下的命令會扼殺好奇心。

相反，領導者應該激發員工對實驗和學習的熱情。具有諷刺意味的是，謙遜的領導方式之所以奏效，正是因為它不要求完美，而是相反──通過表明人類永遠不會完美，必須探索、失敗和實踐才能學習和提高。

把握好這一點，你就會擁有這樣一支員工隊伍：人人都會像主人翁那樣思考問題，願意努力並開動腦筋工作，把組織的願景變為現實。

本文作者為倫敦商學院（LBS）組織行為學教授，著有《活在工作中：幫助你的員工愛上本職工作的神經科學》（Alive at Work: The Neuroscience of Helping Your People Love What They Do）一書。

資料來源：FT 中文網

商務普通話
高階篇

作者

程曉倩　靳劍　楊虹　楊煜

編輯

吳春暉　嚴瓊音

美術設計

Nora

排版

辛紅梅

出版者

萬里機構出版有限公司

香港鰂魚涌英皇道 1065 號東達中心 1305 室

電話：2564 7511

傳真：2565 5539

電郵：info@wanlibk.com

網址：http://www.wanlibk.com

　　　http://www.facebook.com/wanlibk

發行者

香港聯合書刊物流有限公司

香港新界大埔汀麗路 36 號

中華商務印刷大廈 3 字樓

電話：2150 2100

傳真：2407 3062

電郵：info@suplogistics.com.hk

承印者

中華商務彩色印刷有限公司

香港新界大埔汀麗路 36 號

出版日期

二零一九年十一月第一次印刷

萬里機構

萬里 Facebook